人文阅读与收藏·良友文学丛书

舒乙题

原丛书主编：赵家璧

特 邀 顾 问：舒　乙　赵修慧　赵修义　赵修礼　于润琦

出　品　人：马连弟
监　　　制：李晓琤
企　　　划：张娟平
统　　　筹：吴　晞　姚　兰
装帧设计：赵泽阳

特别鸣谢（按姓氏笔画排列）：
韦　韬　叶永和　李小林　沈龙朱　陈小滢　杨子耘
张　章　周　雯　周吉仲　舒　乙　蒋祖林　施　莲
姚　昕　俞昌实　钟　蕻　郑延顺　赵修慧
以及在版权联系过程中尚未联系到的作者或家属

特别鸣谢：
上海鲁迅纪念馆
北京鲁迅博物馆
北京大学中国语言文学系
复旦大学中国语言文学系
中国作家协会权益保障委员会

人文阅读与收藏·良友文学丛书

打火机

郑伯奇 著

中国国际广播出版社

良友版《打火机》精装本封面

良友版《打火机》平装本封面

良友版《打火机》编号页

良友版《打火机》扉页

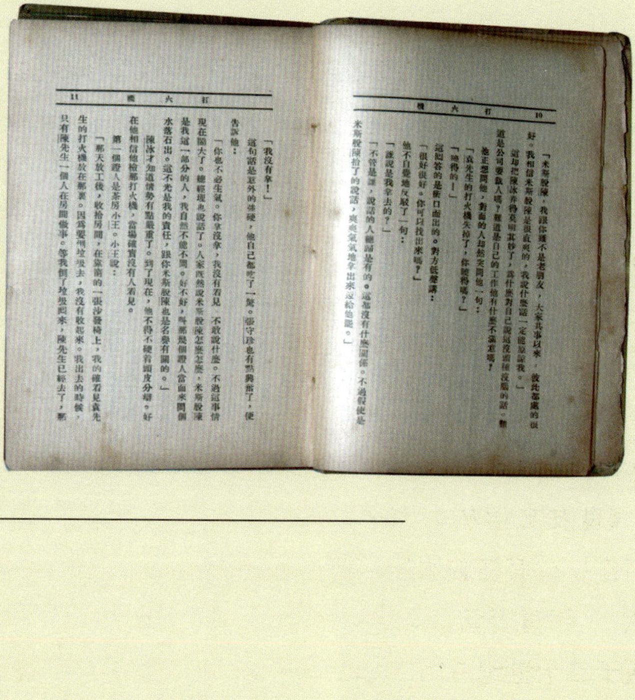

10　打　火　機

「米斯殷陳，我跟你雖不是老朋友，大家共事以來，彼此都處的很好。我相信米斯殷陳是很直爽的，我說什麼話一定能原諒我。」

這却把陳冰弄得莫明其妙了，為什麼對自己說這沒頭沒腦的話。難道是公司要裁人嗎？難道是自己的工作他有什麼不滿意嗎？

她正想問他，對面的人却先開他一句：

「袁先生的打火機失掉了，你曉得嗎？」

「曉得的！」

這個答的是衝口而出的。對方低聲講：

「很好很好。你可以找出來嗎？」

她不自覺地反駁了一句：

「誰說是我拿去的？」

「不管是誰，說話的人總歸是有的。這都沒有什麼關係。不過假使是米斯殷陳拾了的說話，爽爽氣氣地拿出來還給他罷。」

打　火　機　11

「我沒有拿！」

這句話是意外的強硬，他自己都吃了一驚。張守珍也有點興奮了，便告訴他：

「你也不必生氣。你拿沒拿，我沒有看見，不敢說什麼。不過這事情現在鬧大了。總經理也說話了。人家既然說米斯殷陳怎麼怎麼，米斯殷陳是我這一部分的人，我自然不能不問。好不好，叫那幾個證人當面來問個水落石出。這不光是我的責任，跟你米斯殷陳也是名譽有關的。」

陳冰才知道情勢有點嚴重了。到了現在，他不得不硬着頭皮分辯。好在他相信他檢那打火機，當場確實沒有人看見。

第一個證人是茶房小王。小王說：

「那天放工後，收拾房間，在窗前的一張沙發椅上，我的確看見袁先生的打火機放在那裏。因為要倒垃圾去，我沒有收起來。我出去的時候，只有陳先生一個人在房間做事。等我倒了垃圾回來，陳先生已經去了，那

良友版《打火机》内文

《良友文学丛书》新版出版说明

二十世纪三四十年代，著名编辑赵家璧在上海良友图书公司老板伍联德的支持下，历经十余年，陆续出版《良友文学丛书》，计四十余种。其中三十九种在上海出版，各书循序编号，后出几种则无。该套丛书以收入当时左翼及进步作家的作品为主，也选入其他各派作家作品。其中小说居多，兼及散文和文艺论著；第一号是鲁迅的译作《竖琴》。丛书一律软布面精装（亦有平装普及本），外加彩印封套，书页选用米色道林纸，售价均为大洋九角。

《良友文学丛书》选目精良，在现在看来，皆为名家名作；布面精装的装帧更是被许多爱书人誉为“有型有款”。不可否认，在装帧设计日益进步的当下，这套出版于二十世纪三四十年代的丛书外形已难称书中翘楚，但因岁月洗汰，人为毁弃，这套曾在出版史上一度“金碧辉煌”过的丛书首版已然成为新文学极其珍贵的稀见“善本”。

在《良友文学丛书》首版八十周年之际，为满足现代普通读者和图书馆对该丛书阅读与收藏的需求，我们依据《良友文学丛书》旧版进行再版（四种特大本不在其列)。本着尊重旧版原貌的原则，仅对旧版中失校之处予以订正。新版《良友文学丛书》采用简体横排的形式，以旧版书影做插图，装帧力求保持旧版风格，又满足当下读者的审美趣味。希望这一出版活动对缅怀中国出版前辈们的历史功绩和传承中国文化有所裨益，也希望广大读者多提宝贵意见和建议，以便我们把日后的工作做得更好。

《良友文学丛书》新版校订说明

一、本丛书收录原良友图书公司编辑赵家璧主编《良友文学丛书》共四十六种（四种特大本不在其列），乃为目前发现且确系良友版之全部。

二、此番印行各书，均选择《良友文学丛书》旧版作为底本，编辑内容等一律保持原貌，未予改窜删削。

三、所做校订工作，限于以下各项：

（1）将繁体字改为简体字；

（2）原作注释完全保留；

（3）尽量搜求多种印本等资料进行校勘，并对显系排印失校者在编辑中酌予订正；

（4）前后字词用法不一致处，一般不做统一纠正；

（5）给正文中提到的书籍和文章及其他作品标上书名号，原作书名写法不规范、不便添加符号者，容有空缺；

（6）书名号以外其他标点符号用法，多依从作者习惯，除个别明显排印有误者外均未予改动。

目 次

打火机

五点还缺十分钟，华洋贸易公司各部人员已经各自作归家的准备了。

专画广告图案的陈冰也伸了一伸懒腰，豫备到大光明去看玛琳黛德丽的新片；忽然看见今天下午交下来一幅广告画还有三分之一没有完成，便又弯下身子，拿起米达尺，重新工作起来了。

他自出学校门，一年多工夫就没有找到职业。经过几番介绍，才得到如今这个位置。事情虽跟自己的性情不大合式，可是做事的日子不久，主任还看得起他，他得卖点气力才是。

（影戏迟看一场有什么关系？今天要是将这张画赶出来，明天早上一上工，马上交做主任看，他一定相信我是卖气力的，将来也许会多加一点工钱哩。）

想到这里，自己也觉得有点幼稚，不禁地摇了摇头，可是运用尺子的手却比以前更起劲了。

广告画画好了，他将身子靠在椅背上，将那张画高高地举起来，着实地鉴赏了一下，他才开始收拾自己的东西。

这时候，写字间里一个人都没有了。偌大一座仁和大厦静得是鸦雀无声。看看表已经快要六点钟了。他想，已经迟了，索性再等一会儿，在包饭作里吃了晚饭，到北四川路去兜兜圈子，再慢慢地回到闸北的家里去罢。

他走到隔壁的会客室里去。他装了一杯沙滤水，倒在沙发里，悠然自得地，像品茶一样地品着。他觉得这杯冷水颇有甘露一般的滋味。

忽然，他觉得腰骨傍边碰着一块硬硼硼的东西。摸摸自己荷包，只有一盒美丽牌香烟，已经压扁了。他便抽出了一支烟，装进口里，刚立起来要找洋火，只听得澎地一声，一件什么小东西跌落在地板上。一看，原来是一个小巧的打火机。

他不去拿洋火，顺便将这打火机检起，柏嗒一响，马上冒出带着蓝色的火焰来。他燃了那枝香烟，重又倒在沙发上，鼻孔中放出了两股青烟。

一面吸着烟，他一面摩擦这打火机。这是新式的，德国制造，外边镶着黑白两色的鲸骨，看光景，大约不会便宜罢。他又打出一缕火来。他觉得这扑突扑突一跳一跳的火焰怪有趣的。

（这是谁的呢？客人的？还是公司那一个的呢？怎

么小王那家伙没有检去呢？）

在自己心里提出了这大串问题之后，他关上了那打火机，顺手装进了自己的荷包。

（不管是谁的，让我先给他拣起来。有人问，明天就还他；没有人问的这候，老爷就借用几天再说。）

想定了主意，他回头再看看，一个人也没有。他便带了帽子，关上了事务所的门，大踏步向电梯那边走去。

× × ×

吃了晚饭，在北四川路跑了一个圈子，他觉得兴致还没有尽。看看邮政局的大钟刚刚是八点钟。一个人这样早回去有什么意思？在屋子里看书，闷气不过，还有给房东太太拉去凑脚儿的危险？也许她们的五百掺已经开始了，那更要吵得人头痛。还是到那儿去玩玩罢。忽然，他想去他的同学麦春华女士。

她和他是他在青鸟美术学会同学的。她是广东人。她有南国女子特有的那种活泼大方的神情。她就住在老靶子路那边。去找找她看，也许她肯陪自己去看玛琳黛德丽呢。

麦女士正在晚妆。看见他进来，只略略点了点头。他在一张椅子上，取了一支香烟拿了那打火机，澎地一声打出火来，点上那支香烟。

麦女士头也不回地说：

“米斯脱陈，你倒阔起来了，弄了一支打火机。”

“你看看，图样很不坏。黑白线条，德国式的。”

他递给她看。她一手拿着木梳，一手接过了这打火机。

“顶刮刮好。米斯脱陈有了事体，阔起来了呀。”

他听见她这样夸奖，很得意。他便约她到大光明去看影戏。

她洗了手，披上了披肩，他们俩一块儿去了。

到大光明，还不到九点钟，前面六角的一段已经人很多了。他们只在侧面找得了两个位子。

（跟玛琳黛德丽一般的女子一块儿看玛琳黛德丽的戏，真有味儿。）

他得意起来了，又拿出那打火机，澎地一声，点上一枝香烟。

他悠悠然吸着烟，回转身子向四面看看：他觉得那些男男女女都没有自己伟大幸福。

他悠悠然向天花板吐一了口烟。

进货科的一个同事叫周致平的，却坐在前排，回头朝着自己微笑。

× × ×

过了四五天。

有一天下午，陈冰跟两三个同事由附近一个小馆吃了中饭回来，看见许多人围在事务所中间的墙旁边争着看一张通告。

他也走上前去凑热闹，只见那通告上写道：

鄙人失去打火机一只。德国制造。镶有黑白鲸骨。如有仁人君子。拾物不昧。亲手交还者。当酬国币一元。决不食言。此布。

失主　袁荣光敬启。

看这通告的人，也有笑的，也有议论的，也有叹气的，也有默默无言摇头走去的。只有陈冰，口里虽没有说什么，心里却浮起了一重暗云。

自己拾了那打火机原是很偶然的。这东西没有什么用处。自己本来预备还给原主的。可是现在倒有点为难起来了。

袁荣光这是公司的会计主任。论地位，总经理之下就是他。听说他还是总经理的亲戚，有些事情，他很可以作主。不过这人有点刁钻刻薄，不好讲话，同事们都有点头痛。现在这事情已经明白了：打火机到底还他不还他呢？

说是还他罢，那个刁钻古怪的家伙一定会问你："为什么这四五天工夫你不送来呢？"自己本来是忘记了，那他决不会相信的。他或者会刻薄你两句，说你是为了赏金才来还的。那不给同事们笑死了吗？

索性不还便怎么样？老爷是有一个打火机，跟你的一模一样；但你凭什么能够说这个就是你的？你看见我从你的桌子上拿去的吗？我从会客室检来的，不错，但是谁看见？

你姓袁的有一块大洋。不能叫人就承认自己做贼。你有钱，谁也不希罕你。你去再买一个好啦……

还是还给他去罢。拿着这劳什子也没用。并且在人面前，拿出来用，叫他看见了，也怪为难情的。

还给他本也应该。不过太气人了。什么“拾物不昧”，什么“决不食言”，谁希罕你那一块钱？什么“仁人君子”，老爷就讨厌那一套。

他会认得出老爷的这打火机就是他的吗？也好，老爷就不用它。索性惯到垃圾箱里去，大家都不要用……

他就这样，自己跟自己吵了大半天，工作没有做好，头脑却弄得又热又胀了。

下工的时候，几个同事还在一块儿讲：

“老袁那个家伙那么精细怎么会把身上带的东西遗失了呢？”

“也许是跳舞的时候给他要好的女人故意藏起来了呢！”

“谁知道，也许遗失到小房子里了呢！却来冤枉好人。”

“哈哈，‘亲手交还’，‘国币一元’，老袁那家伙真想得出。为他那一块钱，还得把脸子给他瞧瞧，谁肯！

咱便不干。”

听大家七嘴八舌地说着，陈冰好像遇到同志一般，心里觉得非常愉快。

× × ×

第三天，陈冰正在用心写美术字的时候，茶房小王来，说主任叫他去说话。

广告部主任张守珍是一个精细能干的青年。他吸着一根小雪茄，不耐烦似地，在屋子里踱着方步。

看见这情形，陈冰不禁心里起了疑惑。他想不到这幸福的年青人会有什么困难事情，这困难事情又跟自己有什么关系。

张守珍叫小王先去，便让陈冰坐在对面的椅子上。

好像很为难似的，踌躇了许久，张守珍才说出了这么一套客气话：

“米斯脱陈，我跟你虽不是老朋友，大家共事以来，彼此都处的很好。我相信米斯脱陈是很直爽的，我说什么话一定能原谅我。”

这却把陈冰弄得莫明其妙了，为什么对自己说这没头没脑的话。难道是公司要裁人吗？难道是自己的工作他有什么不满意吗？

他正想问他，对面的人却突然问他一句：

“袁先生的打火机失掉了，你晓得吗？”

“晓得的！”

这回答的是冲口而出的。对方低声讲：

“很好很好。你可以找出来吗？”

他不自觉地反驳了一句：

“谁说是我拿去的？”

“不管是谁，说话的人总归是有的。这都没有什么关系。不过假使是米斯脱陈拾了的话，爽爽气气地拿出来还给他罢。”

“我没有拿！”

这句话是意外的强硬，他自己都吃了一惊。张守珍也有点兴奋了，便告诉他：

“你也不必生气。你拿没拿，我没有看见，不敢说什么。不过这事情现在闹大了。总经理也说话了。人家既然说米斯脱陈怎么怎么，米斯脱陈是我这一部分的人，我自然不能不问。好不好，叫那几个证人当面来问个水落石出。这不光是我的责任，跟你米斯脱陈也是名誉有关的。”

陈冰才知道情势有点严重了。到了现在，他不得不硬着头皮分辩。好在他相信他检那打火机，当场确实没有人看见。

第一个证人是茶房小王。小王说：

“那天放工后，收拾房间，在靠窗的一张沙发椅上，我的确看见袁先生的打火机放在那里。因为要倒垃圾去，我没有收起来。我出去的时候，只有陈先生一个人在房问做事。等我倒了垃圾回来，陈先生已经去了，那个打火机也就没有看见。”

陈冰这时候的确心里有点慌了。他以为当时没有一个人，却没有想到小王那家伙还没有回去。

可是他并不是不能辩解。他红着脸，高着嗓子在证明自己并没有到客厅去过。小王既然自己没有当场看见，又没有第二人证明他的话是确实的；这证据就不成立了。

其次是同事周致平看见陈冰用过打火机。这证据当然更薄弱。当陈冰声明那打火机是借得别人的，连周致平也微笑着不说什么了。

陈冰总算很容易地过了这个关口，临走的时候，张守珍这样安慰他：

“对不住你，米斯脱陈。我也是事不由己，你一定能原谅我。不过这样子也好，你米斯脱陈的冤枉洗清了，我们广告部的名誉也恢复了。对不住你，请你原谅！”

这几句话反使他心里难过。自己明明是在强辩。不过这也怪不得自己。谁教姓袁的做事那样讨厌呢。一元国币，谁希罕！让他多受一点损失罢。

想到这里，他又感觉到一种得了胜利的快感。像要分点快感给人才快活似的，下了工他又去寻他的女朋友麦春华去了。

× × ×

这件事情过了没有几天，那活泼伶俐的小王忽然不见了，却另外添了一个瘦长的孩子。

陈冰第一个注意到这个，不过他那讨厌的小王不来也好，免得自己在他面前感受一种说不出的压迫。

后来听见同事说，小王打破饭碗，完全为了错讲出了他，陈冰突然由一种报复的愉快沈没到后悔的寂寞了。

他觉得为了自己的体面，为了自己的脾气，为了自己偶然的冲动，使一个年轻小伙子失了职业，实在是一种罪过，一种很大的罪过。

他想去给张主任说，袁某的打火机是自己检到的，小王说的并不错。不过，这话又怎么说得出口呢？

譬如说，因为袁某的态度讨厌，自己不情愿还他；但这跟小王有什么关系呢？并且这样的话传出去，岂不是更让他人耻笑？

又譬如说，小王不应该不先问自己就去告诉总经理，有点倚势凌人，所以自己不能坦白地承认；这未必能救小王，可是自己完全变成坏人了。

自己的名誉呢？自己的饭碗呢？自己不是要因此尝受失业的痛苦吗？

总而言之，小王是为自己牺牲了！

但是，事到如今，有什么法子呢？要救小王就得牺牲自己；不然，只有白瞪着眼睛，让小王去作牺牲罢。

他完全到了进退两难的境地。

他心里很苦闷。他精神感到颓丧。他的工作自然也没有以前紧张，成绩也没有以前那样优良。他觉得主任对他的颜色也没有以前那样好了。

现在还管得了这些。

后来，听见别个茶房谈到，小王为了这件事，被他父亲痛打了一顿，他简直感觉到肉体上的痛苦，好像被痛打的是自己的身体一样。

他很想写一封信给小王安慰他几句，他又觉得这种秀才人情没有什么用处。若是给小王把事情说明罢，那……那又怎么能够呢？而且徒然叫小王更加怨恨自己而已了。

有一天，吃完中饭向公司去上工的时候，他看见小王带着一个老头儿给他行礼。那老头儿不用说是小王的父亲了。父亲替儿子给他赔罪，并且再三地恳求他：

“陈先生，大人不记小人过，小王这东西不懂事，得罪了你先生，请你先生看我老头儿的薄面，饶了他罢。他是不知高低，以小人之心，度君子之腹，害人不成，反害自己，现在弄得饭碗都打破了。这是天理昭彰，报应不爽，善有善报，恶有恶报，他真是死而无怨呀。不过一家老小四五口人，都靠他来养活。老汉是老而无用，无其奈何，只得求你先生高抬贵手，饶他这一次，在老板面前，替他说几句好话，老板看你先生的金面，一定恕他无罪。圣人说，解铃还须系铃人，请先生帮帮忙。救人一命，胜造七层浮屠，你先生什么地方不修行？只要你先生肯开金口，老汉也感恩不尽呢。”

老头儿尽管啰哩噜嗦说个不休，陈冰真不知怎样回答才好。再看小王那付幽怨的眼光，他更感受到良心的责备。他恨不能脚上生一双翅膀，马上离开这烦恼的世界。

多亏别个同事代他解说，作好作歹地把小王父子两人劝走。陈冰并且不得不故作慷慨，答应在别个地方另想法子。

这一幕马路上的喜剧总算收场了，可是陈冰的心里的悲剧并不因此结束。几天以来的烦闷更明显地盘据他的心头了。

牺牲小王还是牺牲自己？救自己还是救小王，这不能两全的难问题又冷酷地摆在他的面前。

为解决这问题，那一个下半天他简直没有做事。结果，不单是问题没有解决，他完全陷于绝望的境地了。

下工后，像疯狗似地他在马路上乱跑。到上灯时，他糊里胡涂地到进了北京路上的一个小酒馆。

那一夜，他吃了一个酩酊大醉。

× × ×

第二天早晨，一个奇迹发生了：袁会计的打火机忽然出现在总经理的写字台上。

这新闻马上传播到全公司，好说闲话的小职员们又在纷纷议论了。

“恐怕总经理先生故意在跟老袁开玩笑呢。看见老袁着急得很，他才拿了出来。”

一个刚才说完，第二个立刻批驳：

“嘘，不要瞎说。老板跟老袁开玩笑？没有的事。说不定是那一个茶房干出来的，到如今包藏不住了，才推到老板身上……”

第三个却哈哈地笑了起来，他说：

“无论是谁，这事情做得太笨。放着一块大洋，为什么不去领呢？却悄悄放在总经理的台子上，给老袁省袁大头。”

“哼，老袁的那一块袁大头，还是不要去请教罢。谁高兴为那一块钱去卖面孔。”

对于这句说话，陈冰在暗地里送了一个会心的微笑。

可是另有人在叹气了：

“总而言之，小王才冤枉，白白地打破了饭碗。”

“打破饭碗，应该！谁教他冤枉好人。”

说这话的人虽是对陈冰表同情，陈冰听了却像一支针刺了自己的心，自己觉得脸都在发红了。他赶紧低下了头去做自己的工作。

下午两点半钟，总经理喊他去谈话。

总经理是他并不熟悉的。像他这样一个小职员要跟总经理谈话是不大容易有机会的。如今，总经理特别找他去谈话一定有什么特别缘故。

一进门，他就有点呆住了：总经理坐在写字台后面，左手托着下巴；写字台的旁边坐着自己的上司张守珍，老袁却坐在靠窗的沙发上。

他知道事情发觉了。

一看见他，张守珍的面孔马上沉下来了，老袁带着狡猾的冷笑，总经理把肥满的体躯向回转椅子的背上着实地靠了一下。

"米斯脱陈"，总经理先慢吞斯理地叫了他一声，然后把身子扑到写字台上，抬起头来注视着他：

"你今天早晨到这儿来过吗？"

他没有什么回答。对方却逼进了一步：

"你到这儿来干什么？"

老袁却立起身来，拿出了那打火机，澎地一声，打出一股火焰来，在他眼前绕了一绕，说道：

"送这个来的，是罢。"

嘿嘿地冷笑了一声，向总经理送了一个眼色，大踏步出门去了。

"好，米斯脱陈，这事情就托你办办，我去了。"

总经理说完了这句话，向陈冰又看了一眼，才提着司的克，一摇一摆地走了出去。

房内只剩下了两个人。沈默支配着。

过了半晌，张守珍才问道：

"米斯脱陈，你还有什么话说。"

陈冰依然沈默着。他纵有千万种道理，但是从何说起呢。

这沈默为张守珍却像是一种抗议。这是他不能忍受的。他带着严重的声调，好像演讲一样，滔滔不绝地说了下去：

“事到如今，我想你也没有什么话好说。从前，我不该相信人，我不该担保自己不大明白的事情，如今，西洋镜拆穿了，我固然丢脸，你又有什么好处。一个人总要有责任心，无论好事坏事，自己做的，自己总得承认。要是自己做出的事，自己不敢担负责任，那就是卑劣。”

陈冰听到卑劣两个字，他本能地想反抗，不知什么道理，连反抗的气力都没有了。他不过嘴边里动了一动。

张守珍最后宣告了这样几句话：

“现在，我们也不能留你了。总经理先生很生气，袁主任更不用说，我是没有面子再替你说话了。好了，只得请你自便罢。”

说毕，张守珍立起来，好像送客一样，陈冰只得低着头走了出去。

陈冰回到自己的写字台上，他觉得全公司的人都在注视他。他连头也不敢抬，想把方才没有写完的几个美术字写好，手却只是突突地发抖。

他感到侮辱。这侮辱是一个知识分子所不能受的。他感到冤枉，这冤枉是没有法子可以表白的。他又感到失业的恐怖，这是他几个月以前所切身尝受的苦味。

想到失业的痛苦，他什么都忘记了。他顾不到什么侮辱，冤枉，他只想抓住每月三十块钱的这个地位。

他拿起信纸来，想把这事情的种种经过，详详细细写封信给张守珍，婉曲地请求他给自己再帮一次忙。提起笔来，只写了“主任先生”四个字，方才出门时，张守珍在他背后说的一句话，像打雷一般震动了他的耳鼓：

“倒霉，广告部出了这样的东西，真丢人极了。”

他觉得耳朵里嗡嗡作响。这嗡声很快地扩大起来，钻进了他的脑子，钻进了他的眼睛，眼前忽然一黑，他的身体软了下去。

一九三六，六，二一，上海

普利安先生

“喂，普利安来了，普利安先生来了。”

老张像是才下了班，左肩上挂着一袋铜板，康郎康郎地响着，跑了过来，在我的肩膀上拍了一下。

我莫明其妙，只睁着一双眼睛，向他望望。

“你不认识普利安吗；……这也难怪。你到厂还不久。你进来的时候，他早已不干了。你看，就是他呀，那个白发苍苍的年迈人呀。”

这家伙准是昨天看了大戏，后头那一句话还带了那么一个花腔。

果然从西面来的电车上跳下来了一个满头白须的老头子，穿着一身黑色的西装，摇着又矮又胖的身子，走了过来。

我敢打赌，老头子穿的虽不漂亮，可决不是罗宋毕三；看那副神气，不是法国人，准是意大利人。

老张那家伙老远就哗拉哗拉地叫起来了：

“普利安先生！普利安先生！你好啊！”

“啊！张德禄，你好！大家好！”

叫普利安的那个老头子，走到面前了；一面回答着，还向我瞟了一眼。

看样子，他恐怕有六七十岁了罢，头发都全白了。不过脸色还很好，脚步也很健。

他没有跟老张拉手，他没有干那些鬼子们干的那一套；但是老张却跑过去拉了一下他手里挟着的皮夹：

“干吗拿这个？”

“上写字间去。”

“啥生意？”

“保险行里跑街。”

“还是老生意呀，恭喜你发财。”

“不过混一碗饭吃吃。”

向北开的电车到站了，老张向着电车哗拉哗拉地喊：

“呐，普利安先生！普利安先生！”

七十五号开车看着老头子老是笑眯眯的。这笑里含着说不出的好意，我是知道的。卖票的打招呼道：

“老先生，请上车罢！都是自家弟兄，不要客气。”

老头子向我们点了点头，向前走上了两步，又回头看看，低声说：

“你们都很好。比罗宋人他们好。再会。”

老头子挤上了车，站在开车旁边，向我们笑了一笑，可是车上的人早跟他搭话了：

“老先生到啥地方去？”

“上写字间去？”

“写字间在那儿？”

“北京路。”

噹噹噹，车开了，老张向我低声说：

“唉，普利安老了！”

“喂，老张，你跟他很熟吗？”

我禁不住这样问了一句。

“自然，他是从前在公司教开车的。”

我奇怪了：

“你又不是开车。”

“可是我们很熟，这其中自有道理。”

“啥道理呢？告诉我。你不是拍鬼子马屁的人。”

“老子向来不拍鬼子马屁！”

“那个什么普利安不是鬼子吗？”

“鬼子是鬼子。他是意大利人。不过这鬼子却与众不同。”

“好，就请你告诉我那个与众不同罢。”

“行！不过咱们得走几步。站在站口上哗拉哗啦，大家会来看热闹的。”

我们两个背着铜板袋康郎康郎走了去。

就在这康郎康郎的声中，老张讲出了下面一段故事。

× × ×

普利安那个老家伙，看光景，总有七十几罢，至少也有六十几。

你瞧他那一头白发，一脸白胡子。

我头一次看见他的时候，他就是那副样子，不过脚劲比现在好些，脾气却比现在坏。

他到中国有三十多年了。他来上海的时候，我和你恐怕还没有出世哩。

你瞧，他那一口上海话讲的多漂亮。

他一到上海干了点什么，我可说不上。有些人说，他是电车公司从外国请来的；他一来就呆在公司里。公司的头一个开车，听说，都是他教出来的。这些话不过是有人说说罢了，真假我可不保险。

不过，他的确是老资格。现在那些开车，无论那一个，都是他教出来的。那些老开车都知道他的脾气。他们说，他以前的脾气可不好惹。他开口闭口都得骂人，再不对劲他就动手动脚地敲你两记。

譬如你煞车没有煞住，他就哗拉哗拉地嚷了：

“猪猡！侬吃子污啊！那能格样子煞车？猪猡！”

要是你踏铃没有踏响，他又骂了：

“娘×皮！铃也打勿响，还要开车。轧杀子人，公司又得罚铜钱哉。呒不用场个猪猡！”

接着，就是两记耳光。

痛罢？他那两记还要利害呢。你想，又粗又厚跟狗熊蹄子一样的手，怎么会不痛？

那些开车实在有点受不住了，大家商量总得干他一下子。

也是该他倒霉。那天晚上，不晓得在什么地方多喝了几口黄汤，他一个人东倒西歪地从菜市路走了过来。到打铁浜转湾朝西，路上的人慢慢地少了。他口里哼着外国小调，摇头摆尾地走着。看样子，也许是磨坊街那些碱水妹多给他上了点劲儿罢，他那副猩猩脸满脸堆着一脸笑。

恰巧有几个开车刚刚逛大世界回来。他们有说有笑地向康悌路走。其中有一个人忽然看出了普利安的背影，他用肩膀撞了一下旁边走着的另外一个开车，悄悄地说：

“他妈的！活见鬼！好好地会撞见什么普驴子。”

“在啥地方？”

“呐！”

他用下巴向前一指：

可不是，普驴子正在哼他妈的什么外国十八摸哩！

对啦，我得告诉你，那时候普利安的人缘真坏。大家恨他不过，就叫他普驴子，大概是骂他乱踢乱嚼罢。

那时候，那几个开车看见了普利安——好，就叫普驴子罢，——真是仇人相见，分外眼明。本来朝南走的，大家故意折回头来，跟在他的后面走去。

不知是谁说一句：

“妈的，他倒开心煞哉。”

“开伊拉娘格心，老子得揍他。”

“揍！揍！”

“算了吧，揍他有啥用场。”

“把伊一眼苦头吃，老子也开心。”

“把伊一眼颜色看看，妈妈的。”

“好，老子先下手。”

乱七八糟讲了一阵，大家便一窝蜂似地跑上前去。

不知是谁在他的背上先抡了一拳。

他向前摇了两摇，便倒在地下。

一阵无名的拳头，像猛雨一般，落在他的身上。

那时候普利安还年青，论力气，两三个小伙子不一定就打得过他。偏偏不巧的是他吃醉了酒，这几人中又有小山东，和绰号铁牛的一个湖北佬，他们都会几套少林拳的；所以普利安白白挣扎了几下，到底没有能够翻起身来。

他还喊了几句洋话，什么“Help me Help me”地叫了几声。可是，夜深了，路又僻静，马路没有什么人走过。

小山东撇着上海腔，恨恨地骂道：

“侬学驴子叫呀，外国猪猡，老子要敲杀侬。”

哈，哈，哈，大家哄笑了。

又是一阵拳头风，一阵拳头雨。

后来大家倒觉得有点没趣了，这才歇了手，各自扬长走散了。

第二天早晨，还是一个安南巡捕发见了他，喊了一部黄包车拉他到了嵩山路巡捕房去。那些外国捕头都是他的老乡，自然要给他抓人报仇。可是大家都很齐心，谁也没露一点风声出去。过了几个月，这案子就这样湮下去了。

经了这事件以后，他的威风不知不觉地减了多少，可是他对于中国工友更恨，动不动他会到洋东家那里去，悄悄地告你一状。

打他的是谁，他虽不明白，可是那是些什么人，他心里是有数的。

× × ×

那一年，大马路上出了事，先施公司门口打杀了人，全上海都起了哄，咱们公司的工友后来也跟着干起来了。

自然，那时候我还没有进公司。那时候咱们还小哩。可是事由咱们都明白，老辈子早已告诉咱们。

据说，那时候普利安那家伙真有点骨头轻哩。

不知道是谁的主意，也许是他自己要献殷勤。也许是大班他们叫他那样做：他那时候跟中国工人要好起来了。

他真有点骨头轻。骂人也不骂了，架子也不搭了，见人总归是笑迷迷的，有时候还会在你肩膀上很亲热地拍一下。

有人觉得古怪。可是大家都忙着干正经事呢，谁也没有工夫去管这闲帐。

还有几个朋友很开心，他们说：

“他妈的，鬼子真猪猡脾气：给他一点颜色看，马上会掉过头来拍侬马屁。”

话是不错的，可是普利安那家伙却并不是这样，他跟中国人拉拢，是有目的，有作用的。后来这事体明了。

大家讨论罢工的时候，就有好几个工友出来反对。他们的理由是很简单的：

“出事体是大英捕房的事，咱们管不着，咱们罢什么工呢？”

再有，便是说：

“听说王家要出来讲话了。他们那些大亨要是管不下，咱们罢工还不是白罢。”

还有些家伙简直说大班对咱们怎么好，罢工是不应该的。他妈的，这时候讲这种话，不是现在所说的汉奸是什么？

大家气极了，便有人喊打，接着便有许多“走狗”，“猪猡”的骂声。几个精壮小伙子便扑向前去找那几个捣乱分子，一时秩序大乱。那几个家伙看看形势不对，一个个夹着尾巴逃跑。幸亏主席大声疾呼，几个委员帮同着维持秩序，大会才继续着开了下去。

后来有人暗地里去调查，才知道这几个破坏份子是有小组织的。他们有三四个人作头目，常常在他们家里去商量；这三四个人又都跟普利安来往得顶密切。这时候普利安是站在公司跟这批汉奸中间的。他把他们的举动报告给公司，又把公司当局的意思传达给他们。自然，他也会出主意叫他们去做，不过实际上他还不是体会公司的意思吗？

经了这事变以后，大家才明白普利安为什么变得样头骨轻了：原来他有他的作用。也许是公司故意叫他这样做的，因为他的地位是站在工人上面的，这样做是非常便利。可不料大家的威力把他们的阴谋弄得粉碎了。普利安的功劳簿也许少记这一大功哩。

普利安在大众中间露了马脚，他又变成从前的老样子了。他不再跟大家敷衍了，自然大家也不会去理他。有几个顽皮朋友还故意跟他开玩笑：

“普利安，这回领了赏，该请大家喝一杯呀！哈哈哈哈哈。”

他只将头转向那边，故意装做没有听见。

不过对于那几个破坏份子，他的态度却是两样。他对他们居然摆出一副瞧不起的架子，可是事实上却给他们很帮忙。

这也许不是他自己的意思，在这风潮平静了以后，那几个有力的破坏份子都升了。卖票的便升查票，开车的升成了普利安的助教。

普利安就这样地在一般工友中间留下一种不痛快的印象。

× × ×

可是这种印象，到了我进公司的时候，已经淡下去了。也许是因为时间隔得久了，以前的老人都走散了，记得这种种事体的人没有的原故。

这时候，世事已经翻了转好几个过啦。热心的朋友是死的死了，逃的逃了；出风头的家伙把机关当衙门坐；老实人都是“哑子吃黄连，有苦说不出；”大家只求不减工钱就够了，谁还敢管什么事。普利安在这风平浪静的当儿，自然也显不出什么。他对大家没有什么，大家对他也就平淡了。

他的脾气还是老样儿。虽说不打不骂了，客气却是一点也没有。骨子里，他的确是瞧不起咱们中国人。练习开车的时候，有一点错儿，他就会发脾气，虽说不像以前那样打骂，单就他那副尊容可就够受了。何况他有时还要挖苦两句：

“侬那能介聪明？你还要学开车？”

“侬中国人真真聪明，跟罗宋人真好配一对。”

所以那么开车看见他就头痛。受他的气不说，常常还为了他让洋东家来骂人罚钱哩。

跟他的那几个助教，一样的坏蛋。从前破坏团体，现在便跟着他说中国人的丑话。有的说话都学他，带着一种古古怪怪的洋泾浜腔调。真使人听见就肉麻。

不过，在这种情形底下，谁也没有去反对他们。大家都是吃饭要紧，况且在这年头，出头不是好玩的，有时真是性命交关哩。

大家都要吃饭，偏偏是吃饭有问题。

在我进去不久，就发生了一桩事情。

那时候，什么东西都涨了价，大家领的工钱都不够开销；公司的车票是提高了，可是咱们的工钱呢，却是一个大也没有加。大家已经有点气不过，不知是那里得来的消息，说公司红利不及往年厚，决定要裁人了：这可叫人不得不起哄了。

起先，是咱们卖票的咕哝起来的。咱们不像别家公司那样好揩油，可是罚起来比人家却来得凶。平常已经有了一肚皮的气，到这时候大家更容易齐心，谁都要吃饭，谁也不反对，这是大家切身的事呀。

卖票方面讲好了，便去跟开车的去谈。开车也跟咱们一样，日子过得够苦了，还不赞成吗？可是这时候三十三号开车，说了一句话：

“普利安那边那几个家伙要不要？”

我知道那些家伙的历史，我便说：

“他们才不会来呢！他们跟咱们两样，他们是另外的，他们算他妈的什么教习，怎么会跟咱们来。”

“那咱们罢了。有啥用？他们会来开车的。”

接着便有一个卖票说：

“不错，不错。查票也会替咱们卖票的。”

这样一来，大家却有点动摇了。

忽然一个粗嗓子在喊：

“他们要来作对，老子便揍他们。”

这是咱们的侉子王二。

谁也没有应声。大家都觉得不能这样做的。后来有几个人自告奋勇去探那边的口气看，假如有机会，便拉他们进来，一道去干。

结果出人意外，那几个家伙也肯来，我恐怕他们有诈，可是报告消息的人，说这是千真万确，因为他们听到消息，公司要裁人是先裁他们的。

“哼，做走狗也有这样一天。”

我心里快活了一下。不过，我口里却没有讲出来，马上我又想到别的事情上去了：

“只有吃饭问题是把啥人都能拉拢到一起的。”

这一点不错，就为了吃饭问题，从来是冤家对头的他们不是也跟我们合到一起了吗？

以后商量的时候，他们有人来参加。我记得有个姓李的矮个子，很会说话，他说：

“顶好是咱们照常上班，不过不要做事。”

“上班不做事，怎么办，我们不懂。”

我们有人反对。他又说了：

“不做事就是不做事。譬方，开车只顾开车，不要按站口停；卖票跟着车子，却不叫客人买票。”

“那不是拆烂污吗？”

“不是。普利安说，他们法国话叫什么？老陈，叫做什么？你洋文好，你说说看。”

老陈想了半天也想不出，他搔搔：

“你看我记性不行了。好像是什么‘沙包探’呀。不晓得是不是。”

“什么沙包探，只是洋烂污罢了。”

侉子王二曾说了这样一句俏皮话。接着，谁便说道：

“好，咱们就拆他一次洋烂污罢。”

“拆洋烂污，哈哈哈。”

“哈哈哈。”

大家都痛痛快快地笑了。

不过事体决不是开玩笑的，拆洋烂污也得有一个拆法。大家商量的结果是这样的。

先由开车，卖票，查票和机器间各举两个代表。连教开车的两个，一共十个人，去见大班。我们提出了许多条件，主要的是加工钱。大班要是不答应，我们便照着计划，给他拆起洋烂污来。

大班当然搭官话，不肯答应。我们便四处打电话。

站上接了电话，便告诉开来开去的车子。开车也不管钟点了，卖票的便把票子装进箱子，跟开车去谈天。

没有到班的朋友，便随便跳上车子去看。那真有趣。平常是卖票催着客人拿出铜板来，现在客人拿出铜板来，却没有人要。有些人反着急起来：

"喂，卖票，火速票子拿来，阿拉要下车哉。"

"今早弗要票子呀。"

卖票倒懒洋洋地回答。

"为啥弗要票子？"

"先生，阿拉今早拆洋烂污，哈哈哈。"

另一个卖票很滑稽地添上一句。

"侬拆洋烂污，等些查票来查，弗管阿拉事体。"

说着，那客人到了站，便咕着嘴下车去了。

开车看看卖票，大家笑笑。车上的客人更觉得古怪。

有几辆车上，客人要买票，卖票便把实在情形告诉了他们。客人也很同情咱们。有些客人竟觉得这玩意很希奇。

是的，这玩意很希奇，咱们也觉得。所以虽说在闹事体，大家的心里，总跟平常的罢工有点两样。

可是公司却没防到这一着。那些大班跟买办也觉得奇怪。他们没有答应条件，大家还在上工，也许大家屈服了。不然便是那些代表是冒充的。他们满肚皮得意地回家吃中饭去了，到了下午两点半钟回公司，得到报告，赶紧派人到各站口去劝，已经来不及了。并且大家放话，不答应条件，尽管给他放空车，大班们弄得没有办法。一方面请巡捕房挡车子，一方面又去找代表来谈话。自然，条件还是不肯马上答应的。他们告诉代表：

“你们先叫车子回库。至于条件，明天请你们中国几位有名的先生来再商量商量。”

这回大家可不肯上当了。咱们没有罢工，不怕他们喊流氓来打。就是打，公司得预备打坏几辆车子才行。再说，车子照例出去，他们得赔电力，赔机器。公司的损失是加倍的。咱们乐得不理。

公司没有法子了，让买办出来讲好话。讨价还价的结果，咱们的要求总算答应了大半。

这回算不大费事地成功了。

× × ×

普利安跟咱们的关系，从这事件以后，就大不相同了。大家好像觉得这一回成功多亏了普利安似的。大家见了他自然而然地客气了，他呢，也比以前和气了好多。

不知什么时候，我也跟他说起话来了。有一次，我笑着问他：

“普利安先生，那个，拆洋烂污，叫什么名字？”

他摇着头，一路咕哝着：

“没有洋烂污，没有洋烂污。”

我知道他弄错了，他低声说：

“呐，就是那一回，大家上工不做事，阿拉也没有卖票……”我瞅着他的脸色，他好像有点不高兴：“那个，伊拉法国常常有格。叫沙保大些，沙保大些。”

啊啊，原来不是什么包探，我心里笑了，他看看我，便摇着那短身子走了去。

普利安近来有点不高兴，确是真的。听说大班不满意他。大班他们，不晓得从那里打听来的，以为上一次的花样是普利安教出来的。这真是冤枉了他。他给咱们没有出过什么主意，他跟咱们本来没有来往。若说是姓李的想了这个法子是他教的，我看是不会的。他也许跟姓李的他们随便谈过这个，可是姓李的会用出来，他恐怕没有想到。

再说，上一回的事情，他也是出乎意外。姓李的他们跟咱们一齐干，听说，他很不愿意。他们劝过他们。可是他们都说：

“普利安先生，我还要吃饭呀。公司要裁我们，你能够保险吗？”

他当然不敢拍胸膛。

那姓李的把他平常随便讲的法子来用一遍，他也不能怪他们。

他虽不能怪姓李的他们，大班他们却要怪他。我看他恐怕为了这事，心里有点不舒服罢。近来他没有以前那样神气了。

过了几个月，公司对咱们反攻了。本来，大班是答应了不裁人的，到了这时候，他却借了另外的势力来报仇。第一个给他开刀的就是普利安手下那几个教开车的。

大家想动，可是有一个什么机关压着咱们。这种机关你是晓得的，谁不好去得罪他。他背后有大势力呢。况且，咱们在成功以后，谁也没有防到这一着。这给咱们一个措手不及。而那机关给他们下的罪状又是不容别人开口的。这真是天晓得。连他们人到那里去了，都不知道，你想，大家能有什么办法。

普利安却气极了。他跑去见大班。

大班冷冷地说道：

“这是他们国家的法度，你和我有什么办法呢？”

“他们犯了什么法？公司难道不能保他们一保吗？”

普利安代他们这样求情。

“听说是政治上的犯罪，咱们外国人不能说话。”

他有点奇怪了：

“难道。他们××党，社会主义？”

“这我可不知道。你是他们的头目，你总应该晓得。”

大班反来质问他。他摇着头：

“他们不会，从前我领了大班的命，喊他们破坏过罢工的。还是孙传芳那时候……”

大班得意了：

“对啦。就是这个孙传芳害了他们。”

普利安真是越弄越糊涂。他再要问大班，大班却不耐烦了：

“你去跟他们中国人说去。”

他便气呼呼地去找那个机关去。那里有两三个是他以前教过的开车。

他们见了他很恭敬。他提起了他手下的几个人的事。

他们你看看我，我看看你，都说不晓得。他便求他们，说：

“你们也是同事。以前大马路的那回事。你们都是一道的，他们都不赞成胡闹的，为什么他们如今要吃官司？”

回答很微妙的：

“我们跟他们两样。这是你老先生不会晓得的。至于这一回吃官司，那请你先生去问问大班，我们是管不了的。”

普利安弄不出头绪，便来告诉我们。

这里面有什么鬼，我们心里明白。我们便把我们所知道的一切，通统说给他听。

他听了这些话，好像摇头叹息的样子：

“阿拉老了，这种事体一点不懂。你们中国也是变了。变成那种古怪样子了。”

那一种样子是什么，他没有说：不知道是他的贵国意大利。

从此，普利安跟我们更加亲近了。新的工人进厂，他都很亲热。就是我们这些欢喜开玩笑的朋友，有时到他那里。他也好像对待自家人一样，大家对他自然也好起来，不知不觉地都叫他一声："普利安先生。"

公司方面对于他也没有什么。听说他曾辞职过一次，大班没有答应他。不过后来公司给他找了两个罗宋人做帮手。

这些罗宋人倒很卖气力，很会拍大班他们的马屁；不知道怎么，普利安却跟他们合不来。咱们中国人是讨厌那些罗宋人的。他们给咱们还要搭架子。我听见王小四子说，那里面有一个罗宋人，在张宗昌那里当过兵，在他们江北一带作的恶不少呢。他妈的，现在可给咱们教开车来了。

普利安呢，看去更加无趣向了。跟罗宋人越合不来，便跟咱们更亲近。不单是开车，别方面的人，他也很熟了。假如你看见了他，你随意回一声：

"普利安先生，你好啊!"

他一定很客气地答应你：

"老王，你好啊：大家好。"

他妈的，偏是那些罗宋人洋派十足。

这样快快活活地过了半年，有一天，大家忽然谈起：

"这几天，普利安先生怎么不见了。"

“奇怪，没有谁看见他吗？”

没有人看见他。

“不会死了罢。”

“不要瞎说。他身体比你结实哩。”

后来才打听到，他离开公司了。实际是公司不要他了，却故意提起了他以前辞职的话，作为公司准他辞了职。

你瞧，这转了多少湾。归根结底一句话，公司为省钱。那两个罗宋人每月拿的工钱还赶不上他一个人。公司为什么还要他？公司只要省钱，管你什么老资格，管你是什么自己人。况且他近来跟那些洋人弄得并不好。他又是意大利人。他又老了。人家还要他吗？

大家谈起这事体，都不平，可也没法子。他到那里去了，都没有人知道。

有一天，我跟五路车，在北京路，看见一个老头子上班来了，样子有点像普利安。等他进了车箱，我一看，不是他，可是谁？

“普利安先生，好久没有看见，你好啦。”

他听见我喊他，抬起头看看我，两个眼睛发着光，又像高兴，又像难过，又像不好意思。他咕哝着说：

“啊！张德禄，你好！大家好！”

“你不到公司来了？”

“不去了，老了。人家不要了。”

我不敢再问下去，他的眼泪会流下来。我只得打讪着说：

“现在，在啥地方得意?”

他举了一举手里的皮夹：

“在一家保险公司混饭吃。”

他要取铜板买票，我摇摇头：

“不要客气。算我的。”

他没气力地笑了一笑。到法大马路，他就下去了。

开车看看我，叹了口气，说道：

“普利安先生好人。老了还要这样子。真是无论啥地方，穷人总是一样苦啊。”

“可不是，总得咱们相帮相帮。我不要他买票，也是这个意思，你说对不对。”

“这有什么，只别遇着那罗宋人查票就好啦。”

车转湾了。普利安夹在向南去的一堆人里面，渐渐地看不见了。

一九三六年五月上海

伟特博士的来历

一

白汉三和王汉魂，他们俩是老同事，他们俩是好朋友。

他们俩都在济世大药房做事；白汉三做跑街，好听点，说是作宣传员：王汉魂呢，管药库，有时也代药师配制外来的处方。

这济世大药房在上海药界中是数一数二的大商号。在那里做事的，里里外外，大大小小，总上百数：在这么多的同事当中，白汉三和王汉魂两个顶要好。他们俩是同乡，他们都是镇海人，这并没有什么希奇；他们俩的要好，却是因为他们趣味相投：他们俩都欢喜玩。

这也难怪。年青人，手头又宽裕，谁不欢喜玩玩呢？白汉三家里有点田产，他做事为的是混点名气，用钱自然是不在乎的；王汉魂的家境虽不好，他却生财有道；在那么大的药房里面，只要捣点小鬼，还怕没有钱用吗？

在这方面，帮他忙的又是他的好朋友白汉三了。

王汉魂悄悄地问白汉三：

“白家里，上趟格批货色柴[1]弄？有啥[2]人要哦？”

“唔，慢慢交，总归卖得掉。侬啥事体介[3]来不及？”

王汉魂的确有点来不及，因为他在等钱用。白汉三却开噎了：

“阿王，上趟格[4]安瓿儿阿好再弄[5]出一眼？”

“侬讲上趟格批补血针哦？有啥弗好弄！侬还要多少啦？”

“补血针格生意交关好啦。侬尽管弄好嘞，阿拉保侬卖得脱。”

“好个，闲话一句！”

生意讲定了，这回是白汉三请客。他约了几个朋友，到万国大饭店开了一间特等房间，他们打麻将，吃酒席，叫堂差，洗澡，痛痛快快地玩了个尽兴。就在这几天中，阿王的货色也交来了。白家里又向外面兜揽生意去了。

这样的事体做得多了，外间总不免有一点风声。不知什么时候，这消息传进了大班的耳朵里；忽然帐房间

---

① “柴”即普通话的“怎么”。

② “啥”即普通话的“什么”。

③ “介”是“这样”。

④ “格”是“这个”。

⑤ “弄”是“做”“办”的同义语。

派人来检查药库。这在王汉魂是一个晴天霹雳，弄得他措手不及。结果，由一点小的漏洞，把几年来的积弊都给盘查出来了。大班大发雷霆，要把白汉三王汉魂这一批人通统到送行里[①]去。托人求情的结条，他们总算没有到新衙门[②]去出丑，可是对于公司的损失，他们得加倍偿还。像王汉魂那样自家拿不出钱的人呢，是活该保人到霉，吃气受惊还得挖腰包出来。白汉三是有身家的，倒不在乎，可是上代传下来的几十亩田就得卖掉了。

白汉三回家去的前一天，他又在旅馆——这回当然是小旅馆——里开了一个房间，找王汉魂来商量。这位王先生却有点狼狈不堪的样子。白汉三拍拍他的肩膀，说道：

"老阿哥，侬柴啦！上海滩上格种事体有啥[③]希奇？侬为啥介呒没[④]神气？"

"侬侬讲，柴弄弄[⑤]？"

"我有法子。"

他很神气的笑了一笑，然后说下去：

"阿拉屋里还有田嘞。我回去通统卖脱其[⑥]，拿介个

---

① "行里"是上海人给巡捕房的俗称。

② "新衙门"是上海人给会审公堂——即临时法院的前身——的俗称。

③ "啥"是"什么"。

④ "呒没"是"没有"。

⑤ "柴弄弄"即怎么办。

⑥ "其"即"他""她""它"。

铜钿来开爿店，侬同我帮忙，阿拉两家头争口气，弄点颜色把其拉①看看。好哦?”

“好个。我总依侬。”

王先生的脸上也有春色了。

第二天，两个人睡到十二点钟才起床。白汉三高兴地到公司里买了许多送人的东西。到四点钟，王汉魂送他上船，在船上白汉三还跟他谈了许多将来的计划。开船的时候，白汉三站在甲板上，满面春风，大有衣锦荣归的神气。

二

王汉魂在亲戚家里闲住了六个多月，实在呆不下去了，他正想跑到外埠去找事，忽然有一天，接到白汉三的一封信。

——田已脱售，不日即来上海。

这真是绝路里的一颗救屋。他便拿定主意专等他来。

约摸过了大半个月，白汉三果然到上海来了。

他仍旧西装穿得笔挺，不过脸色却晒得又黑又红了。

亲戚家里不好讲话，他们俩便走到外面去。

白汉三要到同华楼吃中饭，王汉魂乐得依他。

两个人一面吃酒，一面讲着各人别后的情况。

---

① “其拉”即“他们”“她们”。

讲话顶多的自然是白汉三。他告诉他怎样跟叔父闹分家，怎样同母亲说要自己开店，怎样托人家卖田，为什么耽搁了这许多日子等等。最重要的，是他将现款带来了。

现款，当然是再好不过的东西。不过，这可不能完完全全用在他们的新事业上。因为，他得给保人还钱，他还得给他们赔利钱。能用来做自己的事业的，不过是其中的一部分。

他们的资本，算来算去，只有两千多块钱。在上海滩上，要做一桩事业，这数目并不能说是宽裕的。

吃饭中间，他们便照这资本打算了许多种的事业。有的成本太重，他们无力去做：有的利钱太轻，他们不愿做；有的危险太多，他们不敢做；结果，本钱少，利钱厚，他们又很熟悉，不怕危险的：只有制造西药这一行生意。

白汉三说：

“侬以前来啦配药间，一定晓得蛮多，侬看阿里一种药销路顶好，又容易做?”

王汉魂想了一想，然后说道：

“格种东西蛮多，外面做格也弗少。阿拉本钱有限，只能够单做一种顶靠得住格就好啦。”

“侬侬讲？做阿里[1]一种好?”

---

① “阿里”即“那里”。

“让我想想看，”

停了一会儿，王汉魂才摇头摆尾地说出了一篇大道理：

“依我看，销路顶好格药，不过像眼药，止痛药，搭[①]皮肤病药；格几种药么，成本轻，利钱倒也还好，不过外面做格已经是蛮多咧。又是卖不出价细，实在也呒没啥意思，我看阿拉也不用做咧。听侬必前讲，好像补血针蛮好销格。格条路倒好去试试看，侬看好哦。”

“有啥弗好，只要侬会做。”

“格种打针药，我弗会做，再讲阿拉本钿也弗够。格要大工厂才可以做。不过补药总归有销路格。有铜钿人，阿里一个弗相信吃补药。只要侬会做广告，就是价钿大一眼，其拉也弗在乎。我想阿拉还是做种药片试试看。成本也大弗，总可以赚一笔铜钿格，侬想好哦?”

“只要会赚铜钿，有啥弗好，就是卖春药，我也肯格。”

“老板，侬格人为啥介老实，补药搭春药有啥两样，不过名字好听眼。”

“好咧，好咧，空头闲话弗要多讲啦。侬有做药格方单哦?”

“方单倒蛮多，等我回去寻寻看。”

---

① “搭”是“与”“和”“及”的同义语。

三

王汉魂找到了方单，白汉三就先给了他几拾元钱，叫他去做，他们的新事业就这样地开始了。

药片做出来以后，白汉三非常高兴，便要拿到他的老主顾那里去兜生意。

王汉魂告诉他：

“不要介急，格是样品。话是好做[1]，阿拉马上要找房子，就要正式开业咧。”

他们在提篮桥左近找到了一幢弄堂房子，自己就搬到那里去住。并且在门口挂了一架新做的金字招牌：

“福寿制药厂。”

药厂开张了，自然招收了几个女工和职员。白汉三一面监督工作，一面在外边交际，这时候他俨然是一副老板的神气。

还有一个问题，就是这药片的名字。什么补丸，金丹，灵丹，宝丹之类，外边已经老早就有了，他挖空了心思，想不出一个很动人的名字来。他索性想叫它做“福寿丹”，这正是他们药厂的字号，可是王汉魂不赞成，说这名字太俗了，所以又搁了浅。

后来，想来想去，不知谁想出了这样一个名字：

---

① “话是好做”即“若说是好做”。

"丈夫再造丸"。

外面几家药房里的朋友说这有些像中国的旧药，并且他们的意见，以为要销路好，得戳上一个什么博士的牌头，顶好是一个外国博士。

像白汉三和王汉魂这样的人物，就算能有什么发明，谁又肯相信呢？这可把他们俩难住了。

最后，还是王汉魂的心眼儿多，他说：

"格有啥难。阿拉自家想出一个外国名头好咧。"

拿破仑，华盛顿，都想过了，可是都不能用。王汉魂又得出主意了：

"老板，阿拉格名字翻成外国字好哦？王就是 King。Doctor King 侬看好哦？"

白汉三可不肯让老王出这个风头。他是老板，风头得让他独占。

"阿拉格白字，外国话好像是 White。White——华以特——怀德，就喊其怀德博士哦。"

"怀德博士也好，不过……"

不过，讨论的结果，当然还是老板得了胜利；仅仅将怀德两字改作伟特，这算是采取了他老朋友的修正。

白汉三很得意：

"伟特博士——再造丸，蛮好，蛮好！伟特博士，又伟，又特，哈哈哈！"

名字就这样决定了：

“伟特博士再造丸”。

但是，临时，王汉魂又想到了一件事：

“照片，总得弄张照片。格张博士格照片到蛮难弄格。”

正在得意的白汉三，却满不在乎：

“柴话[1]。照片啥？又伟又特格照片……格有啥难。侬去弄弄看好咧。”

这时候，王汉魂的脑子里，浮出了他认识的一个白俄老汉的小影。他口里念道：

“谢米诺夫。”

四

不久，上海各报上，都登着一幅很大的广告。题目用半寸大的方头字刻着，非常醒目：

“伟特博士再造丸。”

在广告文当中，还印着一个方脸长须的外国老人的肖像，下面排着几个字：

“美国医学博士伟特先生玉照。”

不晓得这照片的号召力大，还是广告文的宣传力大，总而言之，这再造丸的生意是一天一天地好起来了。王汉魂督促着工人加速工作，常常还得开夜工；白汉三便计划着开设一个门市，以广招徕。在三马路西首，离跑

① “柴话”即“说什么”。

马厅不远的一段热闹马路上，有一家新装修红色铺面，上面横着红底白字的招牌：

“福寿大药房。”

这就是白汉三奔走了两三个月的成绩了。

有了铺面，每天的零卖和现批总可以做得百几十块钱的交易。这白老板的确有点上海滩上做生意的本领。现金周转便利，他把这些钱出一部分来专用在交际和宣传上面。今天请大报记者，明天请小报编辑；今天在本埠新闻栏里送去一则消息，明天请名人题几个字刊登在广告文里；虽说资本并不算多，生意却做得十分热闹。小小一间铺面，常常被顾客拥挤得水泄不通。白老板有时来看看，见了这样子，他坐在柜台上，面上自然堆满了得意的笑容。有人还要来问问这位伟特博士的来历，他便信口开河，说是什么美国博士呀，有名医生呀，爱迪生的老朋友呀，荷尔蒙的专门家呀，这样滔滔不绝地扯上一大堆的话。再造丸的销路一天好似一天，伟特博士的名声也便一天大似一天。上海滩上，他和什么艾罗博士，燕医生以及兜安氏之流简直是并驾齐驱的人物了。

没有好久，伟特博士的势力超出了上海以外。沪宁沪杭两路旁边，时时可以看见伟特博士的那幅方脸长须的小像，用粗厚的油漆，涂描在一块长方的广告板上。伟特博士就这样沿着交通路线从上海跑到内地去，再造丸的销路也就扩张到内地去，而内地小城市的金钱却相反地跑到上海，跑进白汉三的荷包里来了。如今白汉三的荷包的确是麦克麦克[1]了。

五

福寿制药厂成立一周年的时候，他们举行了一次盛大的纪念会。

那一天，药房门口特别装了“庆祝”字样的红绿电灯，挂起了“大减价”的蓝布大旗，橱窗上贴满了庆祝什么什么的红绿字条；工厂方面也张灯结彩，表示庆祝。工人少做了半天工，听了总理和厂长的训话，便高高兴兴地各自结伴去玩去了。

晚上，白老板在状元楼招待了同业的几个头脑。在吃饱了老酒之后，宾主间自有一番互相标榜的演说。到了十点钟，客人都陆续地散去了，只留白老板，王厂长和他们的两三个知己朋友。

老板的兴致很豪壮，他还要到什么地方去玩。一个绰号小胡子的朋友便凑趣地说道：

“老板要白相末，侬只管问老王好哉。老王有邪气[2]好格地方呢。”

---

① “麦克麦克”是 Much，Much 的洋泾浜英语，即“很多”之意。

② “邪气”即“非常”之义。

王汉魂的酒意已经到了十分了。听见这话，他那红了像猪肝一样红的醉脸更加红了，一直红透了两支耳根。他嘴里却咕咕哝哝地反对着：

“勿要听其瞎三话四[1]。阿拉无啥地好去白相格。”

可是，他越不肯去，小胡子却越发挑拨了。他笑着看看白老板，说：

“有啥难为情？大家都是老朋友，侬个史香玉小姐还怕人看吗？哪，老板。”

白老板看这情形，更加开心，他一定要去看看：

“阿王总归介小气。小胡子阿会剪侬边个不成？去，火速去。”

阿王虽不愿意把自己的秘密给老板晓得，可是实在拗他不过，只得带了他们去。

在卡尔登戏院附近的一条弄堂口，大家下了黄包车。小胡子自告奋勇，向前领导，走到第三弄第三家的后门口，他止住了脚步，叫王汉魂上前去敲门。

门开了，王汉魂领大家上了楼。

在楼梯口，一个二十来岁的妖冶妇人正向下面望哩。看见王汉魂领了这一大批人马走上楼来，她便翻身走向前楼的房里去了。

王汉魂他们便跟着进房里。

---

① “瞎三话四”与“胡说八道”同义。

一跳进了房里，小胡子便一把拖住了白汉三，向那妇人说道：

“格位白老板，阿王哥恐怕也讲过，嫂子火速来见见面。”

又向白老板说：

“格位史小姐，阿王哥格——啥人——啊，太太哦。侬看那能？”

的确不错，白汉三心里想，那一幅白嫩的瓜子脸，那一双又大又活络的眼睛，那一只又小又红润的嘴唇，都是好的。就是鼻子未免平了一点。可是这在白汉三的眼睛里，好像表示她的性情柔顺，更合自己的脾胃。

那妇人赶忙喊躲在门后面的一个十三四岁的小姑娘去泡水。自己招呼大家坐，又拿出香烟来敬客。

她先将香烟递给白老板，看见他正在瞅着自己的小手儿，她不禁微微地笑了一下。

白老板接了香烟，她擦了一根洋火给他去点，他便趁势又仔细地将鉴赏了一番。他发见了她左眼角上有一个小疤，反觉得更加妩媚了。

她好像没有觉到这些，又去招待别的客人。

这时候他的阿王才给她介绍那两位客人：一位张先生，一位李先生。

小胡子和一位叫廉卿哥的，她已经认得，便不用介绍了。

房子虽不很大，陈设的倒还精致：靠门口是一只铜床，床头小柜旁边放着一张小沙发椅，对面墙壁摆着一只茶儿和两脚靠椅，中间放着一张碰和台子，四只凳子。

白老板毫不客气地坐在沙发上。其他各人随便就了坐。小胡子叫王先生跟史小姐并肩坐在床上，史小姐死也不肯，王先生却把小胡子拉到身傍坐下了。

史小姐一个人在张罗，一会儿敬瓜子呀，一会儿倒茶呀，忙个不了。

白老板看她扭动身子走来走去，觉得越看越有味道。一件黄底绿花的印花绸旗袍，紧紧地裹住了她那不长不短的身子；两个奶头微微地突起，臀部高高地耸出，更显出腰肢的纤细可怜。衣岔里，隔着丝袜隐隐地看见她的一双小腿肚圆润可爱，她扭转腰肢时还带着一股甜蜜的香气，白老板想顶好能多跟她厮守一刻，就是天崩地裂也可以不管。

小胡子嚷着要打牌。白老板头一个赞成。因为人多，让来让去，结果是白老板、小胡子、王汉魂和张先生上场。王汉魂叫史小姐代他打。小胡子板庄，史小姐恰巧坐在白老板的下首，她便向他飞了一个浅笑，说：

“难末完结哉。白先生做仔上家，倪①定规要输哉啘。”

---

① “倪”即“我们”。

白老板听了她那娇滴滴的声音，骨头都酥了，赶快也打着苏白，回答了她一句：

“耐[1]勿要客气哉啘，倪也不会打牌个。”

六

那一夜，掺了十六圈，到天亮了才歇手。

从此，白老板的脑子里深深地印了史小姐的娇媚的倩影。他暗想，阿王倒有这样的艳福，不知道这样的美人怎样会给他弄上了手。他在朋友处打听，才知道这女人原是生意上人，现在却归阿王一个人占有了。

“阿王那里会有这么多铜钿？看光景，那小房子，每月总要一两百块钱的开销。难道个格寡老会倒贴其哦？”

他忽然想起阿王在济世大药房的把戏。他心里疑惑起来了：

“他不要揩老子的油。”

但这没有凭据，不能张扬出去。转了几天几夜的念头，才想出一个方法：

“得把他调开，不让他做厂长。”

于是，他把王汉魂叫来，跟他商量。他说，公司要扩充，自已照管不过来，叫他做副经理，工厂的事另外叫人去管好了。

---

① “耐”即“你”。

王汉魂不愿意把工厂让出，这是一个肥缺，他可以多捞点额外的油水。但副经理也不坏。工厂里面也还可以安插几个自己人咧。白汉三是一个荒唐鬼。也许自己将来连这福寿药房整个都能夺过来呢。想了想，他也就答应了。

为了要拉牢白汉三，他常常请他到自己的小房子去玩。白汉三乐得跟史小姐混得熟点。可是史小姐倒很大方，好像把个白老板没有放在眼里。王汉魂自然是很得意的。

这样过了三四个月，白老板忽然对他的副经理说：“阿王，现在大家都拉讲啥个‘开发西北’，我想格面一定有生意好做。听人家讲，有哈个国货公司开仔一趟展览会就赚仔十几万洋钿。侬代表公司去推销推销好哦?”

到西北去，这不跟发配到蒙古去一样吗？王汉魂他可不愿意。听说那里都是沙漠，那里的人都住在土窑里面，那种苦头，他死也不肯去吃。他离不开上海，他更离不开他的史香玉小姐。

白汉三再三劝他，并且给他许了好处，他才没法不得不答应下来了。

史小姐为这也流了几趟眼泪。他给她赌咒，她也给他发誓，他们才彼此放心了。

走的时候，她还送他到苏州。

七

王汉魂旅行了一个多月回来，上海的局面完全变样了。

他先回到祥康里的小房子里去，他的史香玉小姐已经没有踪影了。问房东，也说不出她的去向。据房东太太的口气，她好像是搬回苏州老家去了。

他想，要是回老家，那倒也好：老是让她一个人住在上海，自己本也不很放心呢。

那晚，他在旅馆里住了一夜。

第二天，他到福寿药房去，白老板不在那儿。账房老头子交给了他一叠信。

他走到自己的写字台子上去。茶房不声不响地给他端了一杯茶来，还暗地里瞅了他两眼。

他把那叠信向台子上一摔，突然"张公道大律师事务所缄"的一封信跳进了他的眼里。他那带着轻淡的疲劳的神经紧张起来了。他赶快把那封检出来拆开一看，却原来是代表福寿药房董事会警告他的信。信中大意是说，他在工厂内，引用私人，刻扣工资，偷工减料，滥报开支等情，已被人举发。董事会特委托本律师办理，望早日前来清了；不然即具情告发，对簿公庭，勿谓言之不豫也云云。他看了，很疑惑是自己眼睛看错的，可是，接着，他翻出了董事会给他一封公函。信上明明写道：

“……等情属实，今经本董事会决议，请先生即日另行高就，至于未了手续，望即至张公道律师处办理清楚可也。……”

这是的的确确的事实。这真是晴天霹雳。他记得福寿药房本没有董事会的，可是那封信上明明有董事长李星孙的署名。

“李星孙是上海大亨。他手下怕有几万徒弟。其为啥跟阿拉作对?”

他疑心是白汉三在捣鬼：

“老白跟阿拉有啥过不去。其不够朋友，阿拉也不怕其，……让我去看看其，看其柴话。”

他想，若是没法子，就是求求他也可以。

他拿起那一叠信，像逃跑一样地出了药房的大门，背后好似有一千只冷眼在追着他。

白汉三不在家，说是到广东收账去了。

后来，还是小胡子，廉卿哥和其他几个老朋友出来，做好做歹，说是李星孙的意思，叫他在张公道律师那里，立一个字据，承认自己舞弊吞款种种错误，情愿自行退职，他们也就不再追究了。

他强不过，只得答应。正当这期间，另一个律师的信来了，是代表史香玉女士的，说他略诱遗弃，要他赡养费三万五千九百元。这仍由那些老朋友给他居间调停。

结果是表面上出了一点赡养费，两造完全脱离了关系。

在这些麻烦终了以后，他才听到白汉三跟史香玉由杭州度蜜月回来了。

八

不久，上海便发生了一桩国际奇案，也就是小报上所说的伟特博士双包案。

原告是美国人伟特博士，被告是福寿药房主人白汉三。董事长李星孙登报声明，自己跟福寿药房并无关系。

这案子哄动一时。大小报上都有记载。可是每次记载的情形不同。原告被告都在报纸上宣传自己的理由。

白汉三证明那伟特两字是自己姓白的“白”的是翻译。再造丸是自己发明的，并未曾见过什么伟特博士。

原告却用广告和仿单上的相片作证。他并且拿出他在美国一个什么州里得来的医生开业的执照。

两个人上公堂的时候，也是这样各执一词。

这时候只有一个见证可以出来讲话，就是从前的制药厂长王汉魂。

王汉魂在什么地方呢？白汉三却又想到他这位老朋友了。

王汉魂在什么地方呢？王汉魂这时候在原告的律师公馆里正忙着哩。自称伟特博士的那位罗宋老人谢米诺夫是王汉魂手中牵动着的一个活动傀儡。

王汉魂在什么地方呢？他有时候也到李星孙的公馆去。不知从什么时候起，他也是李星孙先生的门下士了。

李星孙听了王汉魂的话，也觉得白汉三做事过火，对不住朋友，他要给他的这两位门生和解。

就在李星孙的公馆里，白汉三和王汉魂这两位老朋友又碰头了。

白汉三这家伙现在弄成这样瘦，这小子怕是色欲过度罢，王汉魂暗地里这样想。

王汉魂呢，他却没有以前那样拘束，那样落魄。他是气宇轩昂的。他说话时眼朝着天。——无毒不丈夫，他是大丈夫呀！

可是在他这大丈夫面前，还有更大的一个大人物在：就是李星孙先生。

李星孙先生却并不怎么气宇轩昂，可是在他面前，连那位大丈夫也得低了头。

他叫他们——白汉三和王汉魂——自己和解了，不要自己咬自己。他用一种大义名分说服他们，他说：

“自己同门弟兄，这样闹下去是有伤义气的。随便有什么委屈，自己弟兄总得和解。”

王汉魂是说不尽的委屈的。李先生却很干脆，叫白汉三给他赔偿五万块钱。当然，这连史香玉那一笔糊涂账都包括在内。

王汉魂也负有一个责任，就是设法去撤回这次的诉讼。

这可有点不由王汉魂先生作主了。虽然伟特博士的照片是他向谢米诺夫买去的，虽然谢米诺夫的诉讼是他指使，他后援的，可是如今是以美国医生的资格和中国商人打官司，王汉魂他如何止得住。是他能发不能收了。

领事为了维护本国国民利益去和中国法庭争持，白汉三结果是失败了。

这案子终了以后，福寿药房完全改组。三马路那间小店迁移到南京路上。招牌也是焕然一新，在字号两边，还添上美国注册的字样。

谢米诺夫走了老运。他以伟特博士的资格成了福寿药房的董事兼厂长。他再不着破西装破皮鞋了，他恢复十几年前的绅士丰度。

王汉魂想去弄个买办做做，谢米诺夫口头答应了，新董事会却没有通过。

白汉三又得回到乡下去，卖他那剩下的几亩坟田。

史香玉依然是原样，有人在天韵楼还碰到她，不过脸上的粉比以前搽得厚了些。

一九三六年五月，上海。

不景气的插话

“不景气呀！不景气呀！今年真不景气呀！”

不知什么时候，阿福也学会了上海滩上的这句时髦话了。

阿福今年才不过十六岁，可是，他已经做了三年茶房。做茶房，并不算一件倒霉的事。讲起赚钱来，茶房并不会比别人少。要是运气好，在轮船，火车上，或者旅馆，茶馆里做个茶房，恐怕每年的出息，比个把大学教授还要好的多。但，这样好的差事，却也不是随便什么人都可以得到的。阿福是上海附近的一个乡下人家的孩子，他的父亲只晓得种田卖菜，那里会有什么路道。所以阿福只能在一爿不大不小的店铺里去做小茶房。

提起青年体育用品社，在上海常住的人，大概总会晓得吧？不，就在内地，稍微时髦一点的人，大约也会知道这个名字。这几年，体育成了顶时髦的一件事，这体育用品公司的名字，时髦人自然会熟悉。况且这青年社还出过一个体育画报，各处都很行销的呀。阿福所服务的就是这青年社。虽说店铺并不大，可是名声却并不小。

阿福到这里做茶房，正是一二八事变以后，那时候，阿福只有十四岁，况且他的生辰小，身材又矮又瘦，只好看作十一二岁。依他父亲的意思，满不忍放他出去帮人家。但是，他母亲早死了，他又跟继母不和，继母带来的两个孩子常常合在一起打他。老早就有几个年老的亲戚劝他父亲把他送到上海去学点本事赚几个钱，他父亲总是舍不得。可是，一二八的事变把他们一家更弄得不像样了。祖上传下来的一座房子也打成一片瓦砾场了。父亲手头积蓄的几个钱在逃难时也逃得精光了。到这时候，父亲不让他出去，也没有法子。何况他继母和他继母带来的孩子逼得他实在也住不下去。

他有一个表叔是在这青年社做出店的。当一二八的时候，这青年社受了一点时局的影响。生意当然是没有了，这时候谁还买网球拍足球鞋呢？其初，大家也是忙着逃难。幸亏经理张先生本来住在法租界，店里的人都逃到那里去。白天，各自出去打听消息，夜里，都回到经理家的客厅里打地铺。战事一延长，人心比较安定了一点，大家都很热心地想知道战事的真相。各报的号外和各式各样的晚报便应运而生。每到黄昏时分，各种卖报的声音在马路上叫来叫去，在弄堂里叫进叫出。报纸像雪片一样从报贩的手里飞去，可是想知道战事消息的市民，有时还不免空手回去。张经理看见了这样情形，便和大家商量，也想出一张小型刊物，来满足这种需要。当时有位专做广告的魏先生却主张出一张画报。这位魏先生曾去过南洋，他晓得那里的华侨很愿意看看中国的书报，知道一点祖国的消息，所以图画的刊物顶受他们的欢迎。况且，这一回的战事，他们很热心捐助，当然更想知道一点战争的实况；若将战场的照片编成一本画刊，不是一定可以行销吗？聪明的张经理马上采纳了这个意见，便请魏先生来主编这本战事画报。这异军突起的新刊物，果然是不胫而走。战事不久便停止了，画报只出了五期便宣告了终刊；可是各地购读的人依然络绎不绝，不仅是南洋，就连云南贵州甘肃青海也都有信来订阅；后来魏先生又将这些画报合订起来，重编成了一厚本书，还赚了一大笔钱。阿福的表叔本以为虹口的炮声把自己饭碗打破了，他去找张经理想弄几块钱去逃生，那晓得有这样好的事情在等着他呢。他每天押着满满的几车包里上邮局，比平常还要忙得多。

和议告成，市面也恢复了，可是衰败萧条的状态和以前大不相同。只有这青年社，意外地赚了这一笔钱，独有欣欣向荣之概。张经理看见战事画报有这宏大的销场，便和魏先生商量，索性来办一种永久性质的画报。他们在店铺的楼上设立了一个编辑部。阿福便由他的表叔的介绍来在这编译部里当了第一任的小茶房。

编辑部的茶房，看去好像清闲，其实也有许多麻烦的事。头脑不清楚，记性不好，又毫未经训练的人，却也不容易干。给编辑先生倒茶，买香烟，这自然谁都会做，可是每天要收拾编辑的桌子，就有点麻烦。那桌子上，一张照片一堆稿纸都是有干系的。编辑先生可以随手乱放，可是照片和稿子一离了原位，就是小茶房的责任。还有送校样，寄原稿，虽然不必茶房去做，可总得经他的手。顶麻烦的是外边打来的电话。在上海住过的人，谁都晓得打电话是件讨厌不过的事。打来的人，有的讲上海话，有的讲北平话，有的讲广东话，还有的讲英文，第一个接电话的至少也要听得出对面找的是谁，才可以传达不错。可是这样就不是一件容易的事。阿福是个乡下孩子，从来没有见过这样的世面，他自然是得弄七错八差一塌胡涂。再加上他的记性不好，言语又不清楚，更显出他是无用。好在这编辑部是新开的，编辑先生又都是几个初出学校的青年，看见阿福那样又矮小又懵懂，只拿他开心，发脾气的事倒还没有。

他在这青年社的编辑部做了两年，没有人说他好，可也没有人叫他出去，这总算他的一生中间最幸福的时代。什么景气不景气，他自然是不会知道的。

市面是一天不如一天了。关门的店铺是一天比一天多。大减价的市招挂满了街头，顾客却是很少。最繁华的大马路也有不少的铺面在关着门。报纸上常登着破产和自杀的不幸消息。上海的市民都像被一个看不见的恶魔所威胁。只有青年社，沾了提倡运动的光，体育用具和体育画报依然有很好的销路。

俗话说得不错：“花无百日红”。青年社的太平天下，也慢慢有点动摇起来了。卖体育用品的商店比以前多了，市面上又添了许多小型的画报。张经理本来自信力很强，其初他把这些竞争者并不看在眼里；可是账簿的数字证明销路在一天一天地减少，这使他不能不焦急。他想，再这样做下去，生意便要亏本了，他于是乎来了一个偷工减料的办法，来减轻成本。器具比以前做得粗了。画报也比以前印得薄了。成本固然省了一点，销路反因而大跌。他又想，人都是贪小利的，奖券有人买，马票有生意，自己也何妨弄出些什么花头来号召号召。他做了许多优待读者的方法，想吸收点现金，但所得的现款，除了成本和广告费的开支以外，还要贴本。最后，他便发挥资本家的本领了：他向职员们开刀。

第一次被裁去的是工厂里的几个老工人和门市部的几位女职员。老工人的工钱大，又卖老，能力又显得差池；老板们本来是不很欢喜的。至于女职员，在老板眼中不过是种装饰品，虽然也有号召的能力，可是在不景气的狂风之下，显然没有多大效用，老板当然也就不顾惜了。这次的裁员，虽然人数不多，但已经给青年社内部一个很深刻的冲动。

“不景气呀！不景气呀！今年真不景气呀！”

从此以后，青年社内的上上下下，大家才开始这样讲了。

大约也是从这时候起，这样一句说话便上了阿福的口。不过，实际上，阿福并没有受到不景气的影响。他依然每月可以拿到八块钱。过节过年先生们仍然给他酒钱。给先生买东西，先生照例还是把找来的零钱给他，不过近来先生们叫他买东西的时候比较少了一点。这一切都不会叫他晓得什么是不景气。况且，编辑部这几天又添了一个小茶房。这孩子是那么矮小，正和三年前的他一样。阿福见有了这个帮手，乐得把什么事都推到他身上，自己却常到经理室的茶房阿宝那里去看裸体照片。

没有几个月，青年社内起了一次大风波。股东们闹意见，张经理辞了职，新任经理王先生上台了。大家都在提心吊胆，好像有不幸就要来临似的。但，王先生上台以后也并没有什么下马威风。到任的第一天，他把社内的人，不分上下，都召集在一块谈话。他表示，自己奉着三不主义来做事：就是不裁人，不减薪，不借债；他希望大家照常工作。可是，第二天，经理的通知下来了，各部的工作时间都延长一点钟。他的理由是，在公司的这困难时期，大家都应该抱一种苦干的精神。这，大家自然没有什么话好说。到了月底发薪水的时候，经理又下一个通知，说是从今天起，薪水要打八折了。理由当然是经济困难。有些人心里不愿意，但，关于金钱的事，谁也不愿意开口。结果，连阿福都被扣去一块六毫，做了稳定青年社的经济的牺牲。

青年社的七周纪念日到了。这一天，经理特别在漕河泾的冠生园开了一次盛大的宴会。虽说在不景气的空气里面，大家总算很快活地过了一天。到了第二天下午放工以后，经理把全体的职员工人召集起来，特别谈话。昨天的欢愉情形还在大家的心底活活地留着，大家自然都很高兴，以为这回又有什么好消息了。经理先是很谦虚地向大家道谢了辛苦，以后便报告公司的情形。据说，公司元气太伤了，犹如生了老疮的病人一样，不得不忍痛开刀。他说，他觉得很抱歉，他不得不请几位同事，为公司全体牺牲，最后，他才说，请大家先各回本人的位子去，他将要和各人分别谈话。他的话说完了，大家只得散去，可是每个人都怀着鬼胎，恐怕经理找自己去谈话，叫自己去牺牲。经理很快地向各部分去走一趟，和几个被认定应作牺牲的人去作个别交涉。然后回到自己屋里，看见阿福正在跟别人在收拾桌凳，他点了点头叫他进来。

“阿福，你明天也不必来了，你的工钱已经算好了，你到账房去拿罢。”

这真是青天的一声霹雳。他那副又青又瘦的面孔，更加发青了。他觉得心头乱跳，口里发渴，眼泪却一点也流不出来。他的两条腿只在发抖。他似乎想说什么，他的嘴在动着，可是一个字也听不出。一会儿，他觉得好像有人在拍他肩膀。他猛然吃了一惊：却是阿宝那经理房间的茶房立在他的面前，经理却早不知去向了。

“经理先生呢？我，我要和他说几句话。”

“早坐汽车到圣安娜了，你还呆着做什么？”

阿宝做好做歹哄他回到他的下处，他的表叔却早已回来了。他才在表叔面前放声哭了一场。

“阿福，你还是回家去一趟吧。我也得出去找事体哩。运道好，也许连你也能带了去。”

表叔再三吩咐了他，自己便出门去了。阿福像失了魂的人一样，一个人向江湾那边踱去。这两三年，不大想到的，他的继母的那副可怕的面孔又在脑中出现了。他想到常常欺负自己的两兄弟，这回又要打自己了。他也想到他爸爸的那副黄瘦的脸，可是他觉得一点劲儿也没有。这样胡思乱想着，他走过了江湾镇，却又逡巡起来了。

胡里胡涂地兜了几个圈子，不知什么时候到了家门口。幸亏没有遇见继母，也没遇见两个兄弟，他偷偷摸摸地进了屋子。父亲正在抽香烟，看见他垂头丧气的样子，便问他，这时候回家来干什么？他只得把停了生意的话讲了出来。正在这当儿，继母带着大孩子回来了。

“怪不得你回来了，你要事情好，死不会想到你的爹娘咧。停了生意也好，这几年赚的钱在那里?”

还是他父亲做好做歹，叫继母住了口，他叫阿福仍然回到表叔那里，另找事体去。可是这年头，事体向那里去找。表叔自己都没有法子，那里还顾得阿福。

一星期过了，一个月过了，两个人领下的工钱都用光了。表叔只得借了盘费上南京谋事去了。阿福听了表叔的话，决定暂时仍回老家。他无精打彩地出了门，铺盖也没有带，行李也没有拿，一个人尽管向东北走去。过了杨树浦，电车没有了，路上的行人也少了，由市中心区回来的汽车像风一样从他的身边跑过。他本是顺着大路走的，不知什么时候，他发现自己面前横着茫茫一条江水。他倒楞了一会儿，可是他也并没有走回头来，只在江边上走来走去。黄浦江上的黄昏另有一番寂寞的气象。江上的轮船时时放出呜呜的叫声，听去也是怪悲惨的。远远地，马路上走来一轮小车，满载着放了工的女工；她们有说有笑地走过去了，渐渐地好像被黄昏吞没了一样。阿福就这样徘徊着，和这整个世界隔绝了。

过了几天，上海夜报用六号字登着一则短短的新闻：

“黄浦江上冤鬼多——本市水上警察昨日公告，近吴淞门处发见一无名男尸。年约十六七岁，似三四日前入水者。衣履早已不全，身边亦无遗物，不知其为轻生自杀，抑或失足落水。现该尸已送至水上警察处，正招人认领云。”

一九三六年春。

“白沙枇杷”

一到夏天，看见了水果摊上堆满了的白沙枇杷，我就会想起以前认识的有这样的名字的一个女郎。

她的名字本叫张雅琴，人家都叫她“白沙枇杷”。这也并不是毫无原故的：她有圆圆的面庞，她有水汪汪的眼睛，她有白中透黄黄中透白的皮肤：还有，她会使人感觉到一种甜蜜蜜的滋味；再加上她生长太湖洞庭山，这绰号就更显得确切了。

前几年，北四川路有一家“巴黎咖啡”；喜欢这种玩意儿的朋友总还记得罢。那里有黑而俏的广东少女，也有又白又嫩的江南姑娘：“白沙枇杷”就是其中的“皇后”。

她只有十七八岁，背后时常拖着一双小辫子。丰盈的身体穿上瘦长的旗袍更显得苗条。衣服下面露出一双又长又圆的腿肚。

她的工作自然是很忙的。每晚七八点钟以后，满厅里的人都在望着她。她在各个台子中间轻盈地来去周旋，好像花丛中翻飞着的蝴蝶儿一样。她脸上老是浮着一重微笑，每个客人都相信这笑脸是投给自己的而感到满足。偶而她得到熟的台子上多周旋一会儿，她总不忘记向别的客人偷偷地送去一个含笑的媚眼。

嘻嘻哈哈地开口大笑是很少有的。笑起来另有一种清脆的声音。这跟她说话一样，她不多说话，可是说起话来，另有一种轻软圆润的腔调。

在白天，她却静默得多了。她去上班最早也在两三点钟。客人是很少的。她一个人做自己的生活：她打绒线或者绣花。不大跟同伴说话，就说话，声音也是很轻的。和晚上大不相同，她好像带着一点忧郁的神气。

这时候偶有客人来，大概是喝杯咖啡或者吃杯冰淇淋便走了。同伴都在空着，用不着她去招呼。可是，也有故意去看她的，那她就不能不放下生活去敷衍。这些大概都是熟客。也许因为空气两样罢，大家都不会像夜里那样起劲。她的态度也是很平淡的。

在这平淡中使她渐渐感得有趣的，只有两个人：一个是大学生吴学永，一个叫黄少梁，据说是交易所的经纪人。

最初引起她的好奇心的是那位大学生。他是一个苍白的青年，年纪约有二十五六岁。来的时候大约总在下午三点钟。起先不过吃些咖啡点心，后来常常坐到五六点钟吃了晚饭才去。他故意找许多话同她讲，可是打着生硬的上海话，她想他一定是外埠人。日久了，她才知道他叫吴学永，是在江湾那边一个大学里念书的安徽人。夜里很少看见他，恐怕是住在太远的缘故。

姓黄的本来是晚上常来的熟客，可是近来白天也常常带着两三个知已朋友来玩。他们来得很迟，总在吃晚饭的时候。他们可并不是每回都吃饭，有时叫几瓶啤酒来喝喝。他们就在高声吵嚷，讲的都是交易所的事。这个黄少梁像是他们中间的大好老，大家有时很依从他。她觉得他们这一群人很快活，很爽气，不像姓吴的那样单调沈闷。因此，他们有时跟他打棒，她也乐得去应付几句。

但是，那位吴学永却来得更勤了，做出很想跟她接近的样子。吃东西的时候一定要她也叫点东西来吃。起初她便老老实实叫一样点心或者点一种菜，坐在他对面吃起来；后来她的同伴看着这家伙有点傻气，索性挑唆她乱喊：有时要一听饼干，有时要一盒巧克列糖，弄来大家分吃，或者晚上拿回去送"阿姨"家的一伙小妹妹。他有点诧异的样子，可也并没有说什么。她渐渐感觉到他有点迷恋在自己身上了。

有一次，这情形看得更清楚。她正跟那位大学生对坐着吃东西，忽然黄少梁那一批交易所的朋友哗啦哗啦地嚷着走进来了。他们向她跟吴学永看了一眼，便拣了对面墙脚的一张台子围坐下来。她只得向他微笑了一下，跑过去招呼他们。等她把啤酒给他们看好跑回来再找他的时候，他却连影子都没有了：台子上留了一张五块钱的钞票。

过了好几天，那吴学永才来了。她觉得有点对不起他，他却做起满不在乎的样子。他喊来了一瓶啤酒，给她也斟了一杯。她摇头不要，他一口气便吃大半杯。

“你的那几位好朋友今天来过没有?”

这是啤酒的力量叫他勉强说了这么一句话，她觉得又好笑，她只得从实告诉他：

“那是几个熟客人，在交易所做生意，这里也并不常来，有什么好朋友不好朋友呢?”他半晌没有声响，过了一会才低声说道：

“雅琴，你肯原谅我吗?”

这使她想起了那天他走后黄少梁对她说的话：

“喂，白沙枇杷，当心毛毛虫，弗要让个学生子把你蛀坏了。”

当时她虽然回了两句，她却并没有生气，现在这大学生的话自己回答不出，可是心里面没有什么感激。

他又唠唠叨叨地约她出去，说有许多话要给她说。她不好拒绝，却也不愿答应，只得推却下去。

经不住三番两次的催促，她答应跟他到半淞园去游一趟。她很好奇地要看他说出些什么，可是直到送她回到北四川路来，他并没有说一句要紧话。有时候他好像要说什么，却说不出来，面孔倒先红涨起来。她本想提他几句，但只看看那付为难的神气也就算了。

那位交易所的朋友近来手面阔绰起来了。常常带着一批一批朋友来玩，一来就要用掉三四十块钱。因为他们人多又爱用钱，不单老板欢喜，连那些招待也都快活。大家都羡慕“白沙枇杷”有这样的阔客，“白沙枇杷”自己也很得意。暗暗中她有点佩服黄少梁的“来头大”了。

有一天晚上，时间已经相当晚了，黄少梁同着两三个朋友来了。喝了两瓶啤酒，大家要到月宫去跳舞。黄少梁便请“白沙枇杷”同去。恰巧这天“白沙枇杷”是早班，离下班没有多少时候了，给老板打了个招呼，他们便带她出去。还有快要下班的两三个同伴，也跟她同去看热闹。他们一行便三三两两地走到了月宫：跳舞场正是上市的时候。他们拼了两张台子坐下。几位招待先生做了临时的舞伴。黄少梁这回特别快活，点心呀，大菜呀，香宾酒还自动地开了一瓶。没有玩到跳舞场打烊，“白沙枇杷”却早已醉了。别的女伴都各自回家去了。他们便把她送进了月宫饭店三楼的一间小房子里。

她在濛笼中觉得身边有点异样。她想挣扎起来，可是她觉得像有几百斤重的东西压在自己身上。一股热气喷在她的脸上，怪不好过。她勉强睁开了呆涩的眼。一个又黑又油的大脸遮住了她的视线。她知道这是怎么一回事。她本能地浑身打了一个寒噤。她简直动弹不得，喘气不过。她想张口，忽然有什么东西掩盖住了。她耳边听得又粗又低的声音在喘息似地说道：

“雅琴姐，我总不会错待侬个。”

接着便是“尚未娶室”呀，“家中有田产”呀，“生意赚钱了”，一大套甜言蜜语断断续续地送进了她的耳中。

说也奇怪，“白沙枇杷”起初是恨极了这肥头肥脑的经纪人的：“他把自己全不当人看，他骗自己的身体。”她恨不得打他两记耳光，或者咬他两口。可是，跟着他的甜言蜜语，她却想到别的事情上去了。自己没有爹娘，跟什么“阿姨”过生活。自己赔笑脸赚来的钱给老太婆抽大烟，她还不快活。说不定有一天自己要走上自己不愿意走的路。可是现在又有这样的事临在自己的身上了。

再往下想，又觉得什么都是模模糊糊的，她不愿意再想了。

她便假装睡着了，任凭他摆布了去。可是眼泪却不自主地流了下来。

醒来，已经是下半天了，黄少梁还像猪一般地睡在她的身旁。她想起昨夜，不，也许是今天早晨在似梦非梦的境界中，自己所经验那一幕似痛苦又似快乐的悲喜剧，她毕竟有一肚皮不平。看见那死猪般的男子，她更加气愤了，她便用力摇他起来。

男的揉着眼睛，好像怪人家不应该打破他的好梦。等到他看见“白沙枇杷”在坐着拭泪，他才一骨碌翻身起来，扑到她时耳边讲：

“再睡一些，辰光还早哩。”

说话的口气好像带着得意的调子，脸上还露出满足的笑容，这都使她不高兴地将脸避开。可是她终于不自主地被他拖倒睡下了。

在枕边，女的是哭泣怨诉，男的是赌咒发誓，过了大半个钟头，一切都谈好了。

这天，“白沙枇杷”没有到巴黎咖啡去。

第三天，还是由月宫饭店到咖啡座的。她去的很迟，好像故意要使人不注意；可是出乎意外的，同伴对于她没有丝毫轻视，反而觉得有点羡慕的样子。只有大厨司和几个小仆欧用着好奇的眼光注视她。

她把那个月做满才向老板告辞。老板自然表示可惜，不过他很明白上海滩上像这样的女人是不会少的。

在她没有离开以前，那位大学生还来过两三次。他依然是两目注视她，像有一肚皮的话想说。她觉得有点可怜又有点讨厌，她怕他讲什么，简直不愿在他面前多坐。不过，到临走的前两三天，她却不自主地对他撒了句诳，说是要回乡下去结婚，他那苍白的脸更加变得难看了。第二天他还买了几包化装品来送她，她只得勉强收下。同伴们暗地里在笑他傻瓜，她倒后悔自己不应该撒了个无谓的诳，反叫他更生出多余的苦闷。

其实，黄少梁早已跟她住小房子了。地方虽然在闸北的一个小弄堂里，可是总算是一间楼面，比在她那什么“阿姨”那边总好的多。况且房间里的陈设也不坏，又有一个小大姐来服侍，她也还住得满意。

这日子并不久，她意想不到的——也是她心里顶怕的一件事情发生了。在一个下午，她还在床上懵懵笼笼地睡着，忽然一阵急骤的脚步跑上楼来。她正在疑惑这么早有什么人会来，刚翻身起来想去开门，不料嘎地一声门已经被踏开了，房子里拥进来了一大群男男女女。当头的一个三四十岁的黄瘦女人一把把她拉下床来。接着便是一阵拳头乱打。她只向床旁边挣扎。她想黄少梁总可以帮帮忙。床上却一点声音都没有，只见新做的那一床大红被头缩成了一团。

那女人打得没有气力了，便狠劲地把她倒推在地上，却拼命去拉被子，一面还在带哭地叫骂：

“死鬼！弗要面孔！喊侬到姑丈地方去学生意，侬倒学会了偷老婆。”

她什么都明白了。从前对她的赌咒发誓都是骗局。“没有家室”是假的，“做经纪人”也靠不住，至于许给她的什么什么更不用说了。她感觉到像飘流大海里一样，没有东西可以抓住。她伤心极了，她哭得更利害了。

她总还希望这时候黄少梁能给帮点忙。她勉强立起身来，想向他身边去。他正在穿夹袍子，只冷冷地望了她一眼，好像说这样丢脸都是为了她的原故一样。她气愤极了，向他扑去；却不妨那个女人用什么药水向自己脸上一洒，她疼痛不过，大喊了一声，便倒伏在地板上。

黄少梁那家伙再没有来过。“白沙枇杷”也变了样儿。她的左半个脸上有大块紫黑色的疤，好像蛀虫的枇杷一样。小房子打得七零八落，只有一架床和一张八仙桌没有打坏，却给房东扣下作了那个月的房租。她又去找以前的老板，人家并不欢迎她。

那些同伴对她也很冷淡。有一次我在“巴黎咖啡”看见她那付零落的样子，不免起了一点同情之感，坐在我旁边的一个女招待便又把她的经过当故事一样地一五一什地告诉我，并且还带着蔑视的神气，说：

“啥个白沙枇杷黑沙枇杷，我倒看不起伊。连做小老姆的运道都呒不，以前还要搭啥个皇后架子。”

一九三六年，七月。

香港的一夜

远远地从水雾中透映出来的小坡上星星点点的灯火，给满船的人都添上了活气。有的指点着岛上的房屋向同伴说明，有的招呼同伴收拾行李，性急的人早已衣帽整齐预备登岸。孤独的仲英也才放下了一颗沈重的心。

“啊啊，香港到了！”

在广州住了差不多一年，他还是第一次来香港；可是这第一次也许便是最后的一次了。

当他来广州的时候，船是不靠香港的。当时，在总罢工的威力之下，香港变成了臭港。那是中国大众头一次发挥自己力量的时代。这力量震动了太平洋，震撼了全世界。他同船的日本人对于这民族斗争的威力也曾表示过称赞和钦佩。

如今，他却要向香港去避这意外的灾难。就算只住一宿罢，他也不免感到异样的凄凉和矛盾。不用说，香港现在已经不是臭港了：在豪富显要的财囊充实以后，香港又渐渐恢复了它的繁荣。这初见面的岛国情调自然也掀起了他的好奇心。

“啊啊，香港到了！”

就是他这种复杂心情的简单表现。

× × ×

突然，一阵浓雾笼罩起来了。方才恍如在眼前一般的岛上的灯火，一瞬间，倒退在数十里以外，在雾幛中时隐时现。渐渐地，眼前什么都看不见了。只听见无数的警笛在浓雾中乱叫。

仲英第一次领略了香港有名的雾气。

细而密的阵头雨簌簌地落下来了。大家纷纷退到了船舱里。

× × ×

不知是什么时候船拢了岸。岸上的人声非常嘈杂。接着，几个脚夫跑上了甲板，在房门口张望。升降口挤满了下船的客人。仲英便提了行李，混进了人丛中去。

栈桥很湿很滑，有些地方还积着泥水，他低着头一步一步地小心走过去。在栈桥将尽的地方，突然有人挡住了他的去路：一个矮小的，面孔焦黄的中国人，背后站着一个身材魁伟，穿着制服的西洋巡捕。

那西洋人指着他的行李；那中国人——大约是通译罢，——便向他要钥匙。他做得很镇定，毫不在乎地把钥匙给了他。

“老爷没有违禁品，你把老爷怎样?”

通译那家伙忽然止住了翻东西的手，向他问起话来了：

“你是干什么的?”

奇怪！他不用广东话问他，而对他撇着蓝青官话，这事体总有点糟糕。

“我是学生。”

不晓得自己为什么回答了这么一句话。但是话一出口，自己马上后悔了：

“学生，这是他们顶讨厌的；学生不是这次运动的主要脚色吗?”

等不到他想好，第二道质问的利箭又飞过来了：

“学生? 哼！在什么地方读书?”

若老实说是在北京大学读书，那一定是很糟羔的。顶好是英国，可是他的英语不行。还是说日本罢。日本，在暑假中，曾跟同学们去过一次；而且“阿依乌哀哦”呢，在学校也读过，横些他们不见得懂，他也好对付。

说话虽长，当时却很快，马上答道：

“是日本。”

应对得法，果真眼前见效；那通译告诉了那西洋人，只见那西洋人笑吟吟地说道：

“Japon? that's good, Sakura, Fujiyama, Musumesan, very good very good.”

说毕，他便扬长地走了过去。

这也许是日英同盟的效果罢。闲事且不去管它，他想，还是早走为妙。

正预备去收拾行李，那中国人却在翻他的日记簿。只翻了两三页，他便沈下了脸，冷声冷气的问他：

“老实告诉我，你是干什么的。你不是学生，别想骗我。”

他指着日记说：

“学生到农民协会去干什么？你一定是共产党。”

他只得硬着头皮讲：

“先生，你别弄错了，我并不在什么党。我到广州是参观的，所以什么地方都去看看。”

“不行，你不许走。”

他冷眼看了他一下，便要把那日记簿没收起来。

幸亏旁边有个永安旅社的接客的，轻轻地用肘抵了他一下，给他做了个手势，他才“豁然贯通了”。那接客的替他跟那通译讲好话；结果是五个“袁世凯”解决了问题。

× × ×

他跟那接客的到了永安旅社。想起了朋友们的忠告，他便找了一个相当好的房子住下。洗了脸，吃了杯茶，随意填好了姓名，他便拉上房门走了出去。

转弯下了楼梯，在广大的客厅的左边，是帐房间。这时候，柜台前面站着一个年青的女子正在跟帐房里的人说话。

她穿着绛红色的旗袍，黑色的平底皮鞋。年纪大约有二十一二岁。身材相当高，因为腰部发育得圆满，看去并不甚高。白嫩的圆面庞颇有点中部地方的少女的风味，他觉得这女子有点面善，可是想不出到底是谁。

两个人的说话是不大顺利的。女子的口音大约是湖南江西一带地方。她提着嗓子在问，可是柜台里的人只摇头。最后，她要来了纸笔，写给他看，只听见那里摇着头讲“没，没。”

“看样子，恐怕也是由广州逃出来的。大约同什么人约好了在这里会面，而那个人却不在这里。也许是她的爱人罢？也许是她的同志……不过她找不到他或她总有点糟羔。这样子一个人孤另另地落在香港，倒很有点‘天涯沦落’之感呢。”

想到这里，他想跑过去问问她。可是这只是一瞬间的冲动。他知道自己没有这种余裕。到大门口，他还回头望了一望，然后，他便大踏步地走出了。

× × ×

吃好了饭回来，已经八点多钟了。一进旅馆大门，他看见那女子还孤另另地坐在那大客厅里。大约她是下了决心等待她的朋友罢。可是由广州来的船早都到了，这时候还不见来，那朋友怕不见得会来了。他这回真想去问问她。她很面熟，也许是自己曾经教过的妇女训练班的学生呢。他上前走了两步，但她那冰冷的面色叫他不敢前去。是的，这时候，谁对谁能放心哩！

像受了侮辱似地，他一口气跑进了自己的房子。

南国是没有春天的，三四月的天气已经很热了。这旅馆的建筑又是老式，更有点闷热。他脱下了外衣，打开窗户，一阵阵海风吹进来，虽不能解热，至少吹散了他的一肚皮的闷气。

他看见海上远处隐现的灯火，他想起了海那边的广州。

广州为他依然是一个陌生的地方。他虽在那里住了差不多一年，可是广东话他是一句不懂，广州人他又很少来往；他在那里生活和在外国流浪并没有两样。不过，他毕竟很欢喜广州。他爱广州附近的山水：那嶙峋奇峭的石崖，那清彻的珠江，北边是没有的，就在中部他也没有见过。他更爱广州的青年男女：那焦黄而带着朝气的面孔，那藏在深睚的富有热情的眸子，都使他感到一种可亲爱的活力。尤其是在革命的巨潮中，广州青年要表现出的那种力量，他更不惜表示敬意。况且，现在的广州不是广东人的广州，而是中国革命策源地的广州。那里有中国各地的革命青年，那里有世界各国的前进分子。像仲英这样的“外江仔”，虽没有什么广州朋友，居然能够很快活地住到这么长久，完全是为了这种革命环境的原故。如今这革命环境却完全变样了。最先感到危险的当然是像仲英一样的这批“外江仔”。不要说什么话，只看看面貌就可以晓得：他们没有那副焦黄的面孔和深凹的眼睛。所以，在这意外的变化之下，除过少数有特别关系的以外，他们都是皇皇然像丧家之犬一样，向外逃走。仲英现在总算逃出虎口了，可是想起海那边的广州，还不免感到有点留恋难舍。

他想到行踪不明的朋友，他想到他所结识的一些青年，他更想到在这大事变中可歌可泣的插话。一个一个熟悉的面孔从他的眼前随现随灭——

A 在同乡 B 的家中寄寓，B 因政治关系被捕，A 却受到了株连……C 在 D 的房中借住了一宿，D 未回家，C 却作了替死鬼……这样的奇闻怪事也不知有多少。自己起身的时候已经很迟了，可是每天总看见有十多个青年用麻绳细绑着，被军队押在大街上走。这情势还要继续下去。这些行踪不明的朋友，终不免有这样的一天。也许有许多人已经吃了这种苦楚。就像 H 君罢……

忽然 H 君的苍白瘦削的面庞特别很显明地固定在自己的眼前。他想起 H 君的病况，H 君家中的情形和刚由外省跑来的妻子。H 君如今失踪了。也许这失踪会成为永久的。无论如何，这一家已经是很痛苦的了。这种事的痛苦的想像使他不禁打了一个寒噤。

L 君给他的警告重新在他的脑中又翻印了一次。这是根据着 S 君的事故而发出的。S 君已经安全地到了香港，不料进了旅馆以后，却被奸细看破，又作了无谓的牺牲。据 L 君的意思，S 君的样子做得太寒酸了，并且不应该住在那样一个小旅馆。仲英从上船以后的举动，都是遵照那警告的意思做的。自己以为是千妥万妥了，不料想码头上还有那样一个意外的破绽。

他想起刚才那个中国通译的神情，他不禁倒抽了一口冷气。

“嗳，我太傻了。这样荒荒乱乱的年头儿，还记什么日记呢？”

正想到这里，忽然门开处，跑进了一条汉子，仲英本能地从沙发椅子里跳了起来。

× × ×

那穿黑色短衫裤的朋友，走进门来，先问了一声：

“先生，俚去边处？”

这一定是来检查了，他想，还是说得远一点的好。他便回答道：“我到天津去。”

“天津好么。”

笑笑。搭讪了一阵，那个又问道：

“先生，夜饭吃着没？”

连吃饭都要检查吗？奇怪！他便冷然答道：

“吃过了。”

又是笑笑，又打讪了一阵，那个又开口了：

“先生系旡系第一次来香港？”

“是的。是第一次。”

“香港好旡好？俚都中意旡中意？”

“好，好，很好。中意，很中意。”

他好容易费尽了九牛二虎的气力，才应酬了这几句，那个却打开了话闸子，谈了个滔滔不绝。

他用心将自己脑中所记的广东话搜求出来，可是无论怎么，也还不能理解那个所说的是什么。他只断片地抓住了几个单字：什么“好睹”呀，“睇睇”呀，“一定中意”呀，倒把他弄得莫明其妙。这位检查先生的长篇议论到底要告诉自己一些什么。他注视着这位先生笑嘻嘻的脸色，忽然灵机一动，他明白了：这家伙原来在这里拉皮条。他看看这样面团团的一条的大汉却来做这勾当，他不禁要失笑。他便问了一句：

“你是这里的茶房吗？”

“系啰，先生。”

原来是茶房。他倒想知道一些另外的事情了。旅馆里是不是要来检查？检查得严不严？有什么地方应该注意？他便一一向这位先生请教。在他们那带着手势说话中，仲英知道捕房对于单身的客人特别注意。大约逃跑出来的人总是单身的原故。

茶房先生又回复了原来的态度向仲英说。忽然一种好奇心和功利主义的打算叫他很轻快地容纳了茶房的意见。

× × ×

半个钟头以后，仲英的房子里却添了另外的一个人——不，一个女人。她有着一副圆脸庞，中等身材；年纪大约只有十七八岁罢，可是少女所特有的那种新鲜气味一点也没有。她坐在他的身旁，默默无言，还有点拘束的样子。仲英很温柔地将她的左手拉过来抚摩，可是他却暗地里吃了一惊：原来她的手一点也不像诗人所形容的什么柔荑一般，她的手掌很厚，手心很硬，手指很粗。她不是流离失所的农家女，一定是失业的女工；他不禁有点可怜她了。

“你是那里人？”

他发音很缓，只怕她听不懂自己的话。她居然用着普通话回答，虽然带着一点广东腔调：

“我是顺德人。”

“顺德？不是很热闹吗？那里出产丝呀。”

“是呀。我也是在丝厂里作过工。”

“为什么到香港来呢？”

“没有事情做呀。”

原来她是一个失了业的丝厂女工。这引起了他的好奇心，他便问她在丝厂作工的情形。可是她不能回答他。她勉强说了几句，他又听不懂。他只得转了话题，开玩笑似地问她：

“你既然没有事情做，我到上海去，你跟我一块儿去，好罢？”

奇怪地，她竟然用了一句上海话回答：

“阿拉呒不介好福气。”

接着，她带着小孩子气地问他：

“人家都说上海好，上海比香港大吗？”

这可把他问倒了。他根本上不晓得香港有多么大。好在上海是他来往经过之地，他便把他所晓得的上海告诉了她。这回，他虽讲得滔滔不绝，她却有点不大懂了。

彼此言语不通，话题自然容易打断。他想还是趁早睡觉罢。

他解手回来，看见门牌上，在“黄先生”的傍边，添上了“太太”两个小字。

× × ×

当他一觉睡醒的时候，他听见门外的皮鞋声和说话声。慢慢地这声音走近了。好像是茶房在说：

“这里是一位先生带着家眷。”

门推开了一半，一个高个子的西洋人向里面张张。他知道是检查来了，却不知道是起来好还是不去理睬的好。只听见西洋人说：

“All right。”

接着，门便掩上了。

看那女子已经睡熟了，他便翻了一个身。

× × ×

想赶上海去的船，他早晨就起来了。

茶房拿茶水进来，他想起了昨夜检查的事情，他便问他。茶房才告诉他，这里也有两个客人被捉去了，还有一个女客。

想起了昨天在账房门口看见的那个女子，他不禁心头一动。他就打听那女客的情形。据茶房说，是在这里等另外一个朋友的他想大概是她无疑了。

他起了一种无名的感慨。他想，假使昨天他和她商量，也许可以想出一种安全的办法。但他马上自己又否定了。他相信那种办法一定不会为一个纯洁的少女所接受的。他记起有一个戏剧，写一个青年和一个少女为了一种困难而冒认作夫妇。这只是作者大胆的想像罢了，事实上那里能够呢。

但他总觉得若是那个女子被捕自己总好像应该负什么责任似的。

茶房将帐单开来了。他看见有这样一条：

房费　　三元六毫

外加一客　　一元二毫。

这“一客”有点别致。他看看睡在床上那女子，不由得笑了一笑。茶房也跟着笑了。

虽然多花了一元二毫，不单没有危险，并且省了许多麻烦，这代价并不算贵。

但是，客厅的那位女子呢？是不是也可以叫“一客”来免除这危险和麻烦？想到这里，他却有点茫然了。

一九三六年，七月。

重 逢

甲

在大阪住得怎样？生活跟以前有点两样吗？

乙

那自然啰，一出校门，生活总得变样子，这倒不管是什么地方；不过在大阪，这变化更加利害些罢了。

甲

怎么样呢？

乙

大阪是日本最大的工商业都市，大阪人可以说是道地的商人，在这样的环境里面，就是我们这种外国人，也会染上大阪所特有的那一种商人气。何况我是在银行里实习的，生活就更不能不发生重大的变化了。

甲

这倒不错。你先说说看，你的生活倒底变成什么样子了。

乙

你且别忙，让我先给你说说大阪商人的习气。他们的特色，第一是爱钱，你每天可以听到无数的关于金钱的说话；第二，他们爱的是物质上的享乐，特别是女人方面。

甲

你的意思就是说他们好色罢，是不是？

乙

倒也并不能就说是好色，不过他们的确好玩。在大阪市内及附近地方，这种饮食男女的享乐地方的确很多。这也许是资本主义的……

甲

哈哈哈！你先堂皇冠冕的说了这么一大套空话，干脆说，你是不是也学会了这套玩的本事？

乙

你这个家伙，还是这样尖酸。什么本事不本事，我倒没有去学；不过是玩的地方，却也跟他们去见识过两三次。

甲

好家伙，你真是“士别三日，便当刮目相望”了。记得你在京都的时候。到祇园去过几次，看看门口那些有字号的电灯，却不敢进去；如今居然也“见识过两三次”了。大阪这地方，的确是了不起的，你先说说看，你都去了些什么地方。

乙

所以，我说，大阪那地方有点两样。到大阪不到一个月，就跟他们去过好几个地方，什么北新地，南地，道顿堀，千日前等等地方去经过了。看了许多学生时代所看不到的东西，见识倒长了不少。

甲

那么，有什么趣事吗？

乙

趣事，倒没有。像我这样的人会有什么趣事吗？不过，你这么一说，我倒想起一件事。你还记得小夜子吗？哪，就是你住在菊池家的时候，常常来玩的那个小姑娘。

甲

那都是些十二三岁的黄毛丫头，你怎么会想起了她们？

乙

我说的小夜子，是个圆脸大眼睛的小姑娘，脸蛋儿红得像一对苹果。

甲

她也不过十三岁呀！怎么，你想要她给你做候补夫人吗？她长的倒好看，也还聪明，有点早熟的样子。你的眼光不错。不过，她父亲是个铜匠，又喜欢吃酒，这位泰山可有点糟羔哩。

乙

你总是这一套。我才不会讨日本女人呢。我给家里发过誓的。

甲

你怕这里那批“诛汉奸会”① 吗？

乙

倒也不是。我不立誓，我的祖母不肯放我到日本来呢。她怕我招了“东洋驸马”，老不回家了。哈哈哈。

甲

哈哈哈。你们家乡那么开通，也还这样讲？哈哈哈。

乙

管什么开通不开通，老人家总是那样的。这些闲话，不去管他；我说那个小夜子……

甲

那是个黄毛丫头，老朋友。

乙

你老记着她十三岁，她老是十三岁吗？你要晓得你住在北白川那边，已经三四年了，她还老是那么一个小孩子吗？我们刚到京都的时候，看见的那些小学校的拖辫子的小姑娘，有许多已经做了人家的母亲了哩，你知

① “诛汉奸会”是民国六七年间中国学生所组织的团体，反对留学生跟日本女子结婚。曾在留学界引起很大的风波。

道不知道？

甲

不错不错。女儿十八变，到处都是一理。只有咱们是“依旧青衫，”仍然在吃臭鱼，喝味噌汤哩。

乙

你我又不是白乐天，有什么牢骚？不过那些女孩子变得真快，也有变好了的，也有变坏了的，就像那个小夜子……

甲

小夜子怎么了，变成什么样子？

乙

她变成窑子姑娘了。

甲

你怎么晓得的？

乙

我在大阪见过她。

甲

咳！这倒出乎意外。不过她们一家都搬到大阪去，那我是晓得的。

乙

那我也晓得。那是她父亲到西比利亚打仗去以后的事。不过，她们一家仍然住在京都，在大阪碰着她，我才知道。

甲

啊哈。那一定有什么鬼。

乙

是呀。她说，她们一家都搬到大阪去，实际上，那时候，是她们家里把她押给大阪的窑子里去了。

甲

这倒……不过，我看她们家里的人并不是那么坏的，她父亲就不过爱吃点酒。她母亲，你也见过，人是老老实实的。怎么会把自己的女儿，押到窑子里去哩。

乙

这并不是人好人坏的问题，这里面总是有曲折的。

甲

好。请你告诉我罢。今天我本来预备跟你这远客作长谈的。请你把跟她会面的情形详详细细地告诉我罢。

乙

不妨事吗？你正在大考。

甲

没关系。我只剩下口考。我们医科注重平常的实习，口考没有什么要紧。并且，就是现在预备起来，“急时抱佛脚”，也没有用呀。

乙

好。那我就把这一段遇合从头告诉你。不过一顿晚饭可得扰你了。

甲

不成问题。大冈山有的是中国菜饭。我来请客，叫你这乡佬儿也唤唤口味。

乙

又来了。你对九州北海道那边来的朋友吹吹牛皮还可以，怎么吹到老爷头上来了。大阪的北京菜还不及你们大冈山的那些宁波馆？

甲

好啦，别说什么北京菜，宁波馆了。你“言归正传”罢。

乙

好，咱就“言归正传”。可是事情就是由北京菜起头的呀。

甲

你说罢，北京菜跟小夜子有什么关系？

乙

你别这样忙。晚饭既然是你请客，那我自然要“一桩桩，一件件，细说分明”了。

我说这事是北京菜起因的。我到大阪不到一个月工夫，在三×银行做事的几个同学要开一个聚餐会。这是每年照例有的。目的在给新旧同学——同时也说是新旧同事——造一个见面的机会。因为今年有了我这样一个中国人。便有人主张吃中国菜。也许他们想，跟我一块去，吃中国菜可以充充内行罢。干事先生便答应了，并且叫我给他帮忙。这样事情，我自然没有什么不可以。结果，那一天——那是星期六——下了工，我便带他们到川口新开的叫四海楼的北京菜馆去。

甲

你就叫了小夜子的局吗，那天晚上？

乙

我那时候还不晓得什么小夜子哩。事情没有那样快。别只管打岔，你且洗耳恭听罢。

那天并没有叫局，坐在台面上吃中国菜，叫日本的艺妓来，是没有什么味道的。日本艺妓的那一套玩意，是要在日本屋子的席子上，才有趣味。总而言之，那一天谁也没有叫局。大家只在规规矩矩地吃菜。连闹酒的人都没有，因为我叫了几瓶五加皮白玫瑰，把那些喝惯了“正宗”“月桂冠”的酒豪都吃得有点莫明其妙了。

规规矩矩吃完了菜，却有些人觉得闷气不过。因此，付了账，出门的时候，不知是谁发起，大家一致赞成再到什么地方去玩玩。除过几个老实朋友回家，几个摩登朋友上西宫去跳舞以外，我们一大群人便到道顿堀的咖啡座去。

到了道顿堀的美人宫：吃咖啡的吃咖啡，喝啤酒的喝啤酒，那些好玩的朋友才有了生气啦，不是这儿的咖啡和啤酒特别有味，这是因为座上有的是漂亮的女招待。

大阪的什么都是资本主义化了的。就连享乐的地方都一样。这美人宫就有一百多个女招待。这些女招待都是一样的年青，一样的漂亮，而且打扮都是一式一样。这样的咖啡座，东京现在还没有哩，京都是更见不到了。

甲

不过我欢喜京都那种家庭式的咖啡座。那里有一种清纯亲切的味儿。东京的这些大咖啡座，像什么 Lion Printemps 之类，我就讨厌。那种商品化的女招待，看了使人头痛，你说是不是？

乙

我也同感。别人看起来，也许说我们的头脑太旧。

甲

什么新旧？那些摩登不过不是 Americanize 罢了。

乙

好啦我们不要说什么咖啡经。要说，等你晚上请我逛银座的时候再说罢。

甲

这家伙！还想敲我请你逛咖啡座吗？

乙

这随你的便。请不请由你。现在我却请你不要打搅我。

甲

哈哈哈。

乙

刚才我不是说我们到美人宫来了吗？大阪人爱钱也爱玩，那么大一座美人宫，差不多人都坐满了。你说什么商品化，那里的女招待才商品化呢！客人这样多，女招待自然招顾不得。好在三×银行的名气大，那些朋友又是老主顾，几个有名气的女招待都要偷空儿为打招呼，其中有几位还跟这里的几个女招待好像有特别关系，那招待得更不同了。那一天，因为有人说出我是中国人。还有几位初出茅庐的小姐。很好奇似地钉住我问东问西。有的说：

——中国也有月亮吗？是不是跟日本的一式一样？

有的说：

——中国有个美人叫杨贵妃，很美呢！中国的女人恐怕都很美罢？

这样的说，虽然幼稚，还不甚讨厌。可是有一个家伙简直问道：

——中国的女人，听说，都要缠足的；现在还缠吗？缠起来痛不痛？他妈的，这就使人受不住了。

我那些同事中间，还有几个自命是“中国通”的，也跟上夹七夹八地胡说八道。我心里老大地不舒服。有一位叫井上的同事——他就是今天的干事——看我有点不好过，便悄悄地对我说：

这里乏味得很。等一会儿，我们到南地去好吗？

南地是大阪有名的花柳街。我点头答应了。

他又暗暗地约了三四个人。我们推说有事，便别了众人出了这座美人宫。

那些女招待还在娇声请我们再来，我却头也不回像逃跑一样地走了出去。

甲

是不是在南地遇见了小夜子?

乙

错是不错。让我抽一支香烟，再慢慢地告诉你罢。

我们一行五个人，走进了那窄狭的街道。两边的人家都挂着白磁门灯，衬托出花柳街的风景。游人很多，穿西装的，穿和服的，大声说话的，走路东倒西歪的。三五成群，将这条狭街挤得满满的。我们走了不远，看见一座木造的日本式的三楼角房，大家便止了步，我看那门口悬着一幅横额，上面写着三个大字：浪花家。这招牌的上端还有三个比较小的字，是：御待合。那几个日本同事咕哝了几句，便回头招呼我进去。

那天是星期六，客人非常之多，各房间都有人，我们由二楼走到三楼，都没有空的房间。只在便所旁边，有一个六铺席子的小房间，像是客人刚才去了的样子，招呼我们的娘姨觉得很对不起，让我们在这里先坐一会儿，等有了好的房间马上掉换。井上故意装起一副像煞有介事的面孔，对那老娘姨说：

——把昨天那间房间给我们想法子腾出来。要不然，老爷们今天可要漂账了。

大家哈哈地跟着笑了。那娘姨也追随着做起笑声，说：

——啊啦，讨厌的井上先生，专门跟我打棒。等一歇万龙小姐跟你算账，我可不管。

井上做起恐吓的样子，那娘姨故意将头一缩，大家又哈哈地笑了。

果然，不到一会儿，娘姨领我们到后面一间房子去。这里跟前面完全分开，只用一条木桥连着，非常清静；外面的琴声歌声，女子的笑声，客人的醉语声，一点也听不到，房子也不过是八张席子，陈设的却很精致。娘姨打开了纸窗，远远地看见对面的灯光人影。我走出了窗门，倚着骑楼的栏干，望下看去，只见骑楼正临着河流，两岸人家的灯火，反映着水中央，宛然成了一条灯市。

大家刚刚坐定，娘姨正去拿酒的时候，只听得一片细碎轻匀的脚步声音远远地走来。

甲

好了。小夜子来了。

乙

你别打岔。没有什么小夜子，走进来的是两个出局的艺妓。一个长挑身材，瓜子脸，年纪约有二十一二岁，打扮得很净素。一个恐怕是“舞妓”罢，看去只有十七八岁，圆脸，中等身材，梳着“桃割”式的头，穿着一身大花的衣服。一进门，那小的先撒娇似地叫了一声：

——啊啊，吃力煞！

接着两个人便跪在席上向大家磕头行礼。那几个日本同事，好像“他乡遇故知”似的急忙拉她们进座。叫高濑的那个矮汉子还尖起嗓子，学了一声：

——啊啊，吃力煞！

那小姑娘便似笑非笑地瞅着他，说了句：

——啊啦，讨厌来。

那小姑娘的娇声软语偶然使我想起了京都的少女，但是这真是一刹那间的事，同事敬来的酒杯很快地打断了这思想。接着别的艺妓们也陆续来了，再没有工夫去想这些闲事。

也许是刚才在四海楼太得拘束了，现在大家都发出了豪兴，台面上是非常热闹，这五六个年轻女人围绕在旁边，更使到几位酒豪们添了兴致。

酒气，香烟气，女人的脂粉气，和青年男女发散的体臭造成了一种说不出的氤氲之气，充满了这小屋子，我觉得有点头痛；豁拳声，说话声，打情骂俏声和女人发出的尖锐的叫声，更使我的耳内发了嗡声。你知道我是从来喜欢喝闷酒的，大约方才在四海楼一个人又喝得多了。

我本来坐在窗门边，我便拉开了窗户，靠在上面，茫茫然地远望那天边的灯火。忽听见背后有一种带醉的声音在嚷。

——何君到那儿去了？逃走了吗？

似乎几个女人的声音在合唱：

—— Mah！何先生是那个。

我刚想转回头去，却见一个小姑娘跪在我的傍边，手里还提着酒壶，眯着一双笑眼说。

——你是何先生吗？我早就晓得。

我也开玩笑似地：

——自然嘘，这里只有我一个是生客人。

——瞎说。我老早认得你。

——奇怪，你……

——你忘记了小夜子吗？

我吃了一惊，她明明是那圆脸，梳“桃割”发的舞妓呢。我瞅着她：

——你是小夜子，那星野家的……

——是呀。

她浮起了一副狡滑的艳笑。

这时候，那些同事们和别的女人们可嚷起来了？

——哈哈哈，原来是老朋友。

——Mah！吓人呢，是老朋友吗？

——何先生倒看不出。

——清香这小妮子很不错呢！

最后说这句说的是跟她同来的叫万龙的那个艺妓。

这样七嘴八舌倒把我们两个人弄得不好意思。我只得又回到台面上，向大家说明，她是我在京都时候认识的一个小姑娘。

甲

你刚才说什么清香又是谁呢？

乙

就是小夜子呀。清香是她的艺名，她们有艺名，正和以前的诗人有雅号是一样呢。

那天人多，大家又在闹酒，我们没有说什么正经话。后来我本想再到那个浪花家去叫她来，问问她是怎样堕落风尘的，因为不晓得那里的规矩，我一个人又不敢去。

这样过了两个星期。

有一天，已经过了办公时间了，忽然接到一个奇怪的电话；

——何先生吗？我是清香，唔，是小夜子呀。我跟万龙姐姐在大丸百货店买东西。请你来。五点钟，在日本食堂等你。

我赶忙把自己应做的事情办好，等不到四钟半钟，我马上先去了。

到了大丸，坐电梯上了九层楼，进了日本食堂，屋子里倒坐了不少的年轻女人，却找不到小夜子——不，以后应该叫她清香了—— 我只得在靠近门口的地方，占了一张台上。

吃了一盘冰冻杨梅，抽了三支香烟，进出的一对一对的女人虽多，却还不见清香和她同伴的影子。看看表，已经五点过了二十分。我疑惑起来了：是谁故意来寻我开心吗？但她那圆软的京都腔还明明白白地留在我的耳朵里。开玩笑也决不会这样巧罢。

约模过了十分钟光景，看见一个西装男子带了两个女子进来了。那两个女子正是清香和万龙，男子却是井上。她们还是前次那样的打扮，不过万龙的衣裳比较华丽一点。她们的手中都拿着几个包裹。井上一眼便看到我，他很快活地对清香说：

——看，人家早来等你了。你该放心了罢，我总没有骗你罢。

清香向我微笑着点了点头。

井上在里面找了一个消静的地位，我们便移了过去。

大家叫了各人所要吃的东西。我和清香喊的是冷荞麦面。

这一天比较还谈了几句话。在这次谈话中，我才知道小夜子三年前来大阪的时候就给押在窑子里了。她的那个酒鬼父亲到西比利亚去以后便没有消息，大约是跟着出征部队全灭了。她母亲还在京都，不过搬了地方。她的卖身是给她父亲还债的。

甲

出征的军人阵亡了，他们的政府应该有抚恤呀？

乙

想来一定是有的。详细情形我没有去问。听说她的老家是在乡下一个山里的地方，那里还有她祖母等等一大堆人。钱想来是不够用罢。她父亲在时也总亏空得太厉害。

甲

这种闲事且不去管它了。还是说了你们会面的事情罢。

乙

那天在大丸玩了差不多一个钟头，她们先回去了。我和井上便到道顿堀的各戏院面前兜了几转，又在那边的小咖啡店吃了几杯啤酒，八点钟左右，井上邀我再到浪花家去。

井上很知趣，他和万龙另外到别一间去了。我和清香被领到沿河的一间小屋子里。两人对坐起来，像是“别有一般滋味在心头”，觉得很舒服又觉得很紧张。清香要照例唱一支曲子，她问我欢喜什么，我却茫然回答不出。她便弹起琴来，唱了一支单调凄清的歌曲。我问她，这曲子叫什么；她说这叫做“黑发”。她还给我把那歌曲的调儿记了出来可是我一点没有记下。

两个人对坐着，一会儿便没有什么话好说了。我们便又说到以前的事情。她问到菊池家的姑娘，她问到她的那些同伴，她还问到你，我说你已经到东京了，她很羡慕似地：

——东京是好地方，我也想去看看呢！

甲

你又在加油加酱了。为什么要拉上我呢？

乙

她真的记念着你。她说：

——马先生对我们很好。就是房东的那个千代子讨厌，看不起人。不知道她会到什么好地方去呢？我倒常常想起她。

甲

菊池家的那个女孩子脾气本不好，常常说，小夜子的爸爸是铜匠，是酒鬼。这都因为那个老太婆欢喜装场面，开口闭口说自己是士族，所以小孩子也跟着学坏了。

乙

唉，老太婆太多嘴，其实自己还不是过穷日子吗？这回找到京都去，到他们那里去看看，老太婆还是那样子，那小姑娘却已经成熟了，长得又粗又壮。她们再三问小夜子的消息，我故意装不知道，你晓得千代子那家伙说什么？她冷笑着说：

——可惜何先生不晓得。她现在在大阪做窑子姑娘呢。何先生回到大阪可以去做做她，何先生不是很爱小夜子吗？

她的那一双小眼睛逼着我，好像要我回答的样子。我真奇怪，她们的耳朵怎么那样长。

甲

别冤枉好人了。人家吃醋是好意呀。说不定千代子暗地里爱上了你。

乙

谢谢罢。她跟你倒是一对，我可没有那福气。

甲

哼，小夜子呢？这可该你有福气了？

乙

别这样挑剔，轮不着你吃干醋。

甲

你得发誓，小夜子你爱吗？

乙

比千代子是爱一点。

甲

那么，这回是重圆“好梦”了。

乙

对不住，刚刚相反。以前虽无好梦，倒还甜密密地；如今却连这点甜味都没有了。

甲

奇闻奇闻！这倒要请教。

乙

你住在菊池家的时候，我常常去玩，那些孩子也跟我混得很熟。有时，你不在，我去了，他们也都跑过来，我便带他们到田间去跑跑，或者到吉田山去玩玩，孩子们天真烂漫，倒也很有趣。有一天，我去看你，撞着千代子还有三个小孩子在门口那空地上玩。千代子看见我先喊道：

——马先生不在家呢。

我便想转身走去，小夜子，却在背后喊：

——何先生。我们一块儿玩好吗？

我本来看了一天会计学，头脑还在发胀，乐得跟这批小孩子玩玩，散散心，所以我就随便答应了。

我们在田间跑了一阵，便跑到白川神社了。你还记得吗，白川神社就在上琵琶湖去的那座山的山脚底，可是它的地位也还比街路高出几丈。那里，也有树林，也有流水，周围很幽静，翻过了这座小山便是银阁寺了。那天几个孩子很快活，大家爬上小山摘樱草去了。我便躺在一条凳子上，闭目休息。忽然听得小夜子的叫声：

——啊啦，吓杀我！

我睁开眼睛，她的小小的身体已经扑在我的胸口上了。她那苹果色的小脸更加发红，一直红到耳根后边。我拉起了她的一双小手，问她看见什么。她悄悄地用头指示给我：原来是一个神气凶恶的醉汉由那边山上跑了下来。

那汉子去后，她还贴紧我的身子。我轻轻地抱她上来。坐在我的身旁。她便拉我的手去摸她的小脸。她的脸很烫。她眯着笑脸，仰面看着我：

——很热罢。

她又把我的右手放在她的心口上：

——我的心还在卜突卜突地跳呢！

这妮子会做这样的媚态，老实说，我真感这一点冲动了。我便顺手抱她过来，拍拍她的肩膀，用种种话来安慰她。她把头伏在我的胸口上，小声说：

——我怕哟！我常常怕哟！

等一会儿，别的小孩子都回来了。千代子看见了这样子，便撅起小嘴，粗声粗气地说：

——我要回去。

甲

怪不得千代子那样吃醋，原来有这么一段渊源。

乙

后来，在你那里不大看到小夜子，偶而撞见她在场，一会儿便不见了。当时我也没有注意这些。有一次，访你不在，我一个人走向诗仙堂去。半路上，看见小夜子也是一个人在田间跑来跑去，像摘什么花。我喊了一声，她很高兴地跑了过来，手里还拿着一束红红绿绿的草花。她问我到什么地方去，我告诉了她，她一声不响地跟着我走。

到了诗仙堂。正是黄昏时候。我引她上楼，游人一个都没有。周围好像是被寂寞吞噬了。她放下了花束，整整项下垂落的发，看着我，发出一种浅笑。

我拉着她，并肩坐在南面的窗框上。我们远望着西南方隐在云雾中的山峰。她忽然靠在我的肩上，幽幽地说：

——寂寞得很呀。我想死。

好像一阵轻脆的春雷震动了我的耳鼓，我吃了一惊。我疑惑自己听错了，可是看看她：她两只手捧着小脸，肩头正在耸动。

——小夜子，你难过吗？

——她们欺负我，她们说我的坏话，说我跟你要好。

这是多么可爱的一句说话。我忍不住抱她过来，在她那流泪的脸上，轻轻地吻了一下。

可是在这一次的接吻中，我完全尝受了一个成熟了的女人的滋味。

甲

以后呢？

乙

没有好久，她就到大阪去了。现在说起来，她哭着说想死，大约已经觉得自己将来的痛苦了。

甲

到大阪又遇见了，你们正可以“重温旧梦”呀。

乙

说那里话。诗仙堂中的一吻，只是一种偶然。在大阪，再也不会有那样的机会了。三四年的薰陶渐染叫她完全变成了另外的一种人。浓厚的脂粉遮住了她的真情，华美的衣裳蒙蔽了她的真心。她不是以前那样一个乡村的少女了。后来，我虽然还见过她几次，每当两个人对坐的时候，彼此都反感到拘束。不过，她还教给了我几个曲子，这我得感谢她。

甲

你也太得理想主义了。我索性做她的一个恩客，不是很便当吗？一举两得，有什么不可以呢？

乙

你才是空想家呢。你要晓得她是舞妓呀？我们这种穷措大那有这种力量。浪花家那个老娘姨，知道我们俩是旧相识，便替我想了种种计划，我只是谢谢。无实得了又怎么样？不得又怎么样？我倒觉得诗仙堂的一吻是永久不忘的一个好收获呢！

一九三六·六·九

幸运儿

× × ×

“阿要看刚刚出版大晚夜报，两大张卖五只铜板。奖券今天开彩，奖号码皆来啦。阿要买刚刚出版大晚夜报？……”

卖夜报的喊声给黄昏的马路上更添了一番烦忙乱杂的气象。金保禄买了一份大晚夜报，顺手打开一看，他却有点迷糊了。

（到底自己买的是几号？）

他三步并成两步，急忙跑回家去。

× × ×

金保禄是圣××堂的账房。他家里代代是吃教会饭的。生下来，他就受了洗，小时候，他在教会学校读书；长大了，他在教堂做事。总算外国神父看得起他，不过三十几岁，他已经到了账房的地位了。

圣××堂是上海很有名的教堂，每年银钱出入很大。从前的账房常常出毛病，给外国人赶走。他做事很忠实，对人也很和气，有些人开玩笑，便叫他做圣保禄。

他这回买奖券实在是非常偶然的。因为他得人信用，内地教友常常托他代买东西。河南的教友张彼得，前几天，写信叫他代买五块钱的奖券。

买好了奖券，刚要转身回去了，他听见伙计对两个穿工人衣服的朋友说：

“要买还是趁早买罢，下一趟，中了头奖也只能得到一半数目了。”

他心里很奇怪地动摇了。他想奖券买了两年了，自己一回还没有买过。女人吵过好几次，要给小的孩子买一条，试试运道，自己都不肯，如今看看这样好机会就要完了。

他不自主地从身边摸出了一张十元钞票，给自己也买了一张。

在路上，他后悔起来了。这是教堂付账的公款，怎么好挪用？但他又想李木匠和自己很熟，索性得了奖，一齐付他，也不要紧。

好像怕给人看见，他即忙离开了这热闹的马路。

× × ×

金师母正在厨房烧菜，只见金先生满头大汗跑了进来。

“奖卷开彩啦！”

“中了吗？”

也不回答，他就向楼上跑。

进了亭子间的卧房，他顺手把门关上。拿钥匙开了五斗橱，取出了一本《圣经》，他的手不住地发抖。

从《圣经》里面跳出了一大张红红绿绿的纸。他的头埋进在那一串纸条中间。

“六〇一三一九，六〇一三一九。”

口里不住地念着，两只双眼睛在报纸上面找来找去。

“头彩没有卖出呀！”

他吃了一惊。抬起头来：一个黄瘦的中年妇人站在面前。

“你什么时候跑进来的？”

太太不睬他。她的精神全被这张晚报吸去了。

“特奖，六〇一三一九。还有特奖哩。”

“什么！六〇一三一九。中了！中了！”

太太还不相信，把奖券抢过来看了一看。

两个人，你望望我，我望望你，尽着发呆。

“赶紧收起来，收起来呀。”

太太有点清醒了。他机械地把《圣经》捧在胸上，叽哩咕噜地做了一会祈祷。

× × ×

常言说：“好事不出门，恶事传千里”：金保禄中了头奖，并不是一件恶事，可是很奇怪，不知怎么原故，晓得的人渐渐多了。

金保禄自己是不愿意别人知道的。亲戚朋友来告借，还有法子敷衍；若是张扬出去，让那些绑票匪听到了，真是性命交关呢。

并且，还有一个问题：这奖券是挪用公款买来的。假使同事晓得了，一定会向洋东家挑拨。那时洋东家打起官话，那款子准得充公。自己是靠耶稣吃饭的，还敢放什么屁！不然，给不相干的人听到这消息，上海这地方多坏，说不定也有人出来找麻烦的。

他觉得同事们，每个人都像故意要和自己亲热；可是背后却在议论自己。这明明是说：

“别装傻！你挪用公款中了奖，我们都明白。放聪明点，拿出来大家分分罢！”

大家分分，那可怎么行！

自己挪用了给李木匠的工钱，也不过是一时方便。这款子早已还清了。本来是神不知鬼不觉的，他们怎么会晓得呢？

金太太的意思比他高明，她说：

“别说挪用李木匠的工钱，没人晓得：就是晓得了，又怎么样？中特奖也要命中注定，他们有这样大的福气吗？”

金先生心里佩服自己老婆的高见：但他比她更加实际

一点。他想，李木匠的工钱迟付了半个月，也许给同事晓得了。假使自己买输了，不中奖：或者只中了小奖，人家也不会说什么。可是自己毕竟中了特奖，事情就两样了。

跟老婆吵了几次，最后决定给教堂捐一万块钱。

“我发了一点小财，完全是托主的福!”

“上帝保佑你!”

意外地洋东家对他很客气。因为他有了钱，那洋教师对他也两样了。

× × ×

金保禄的家原住在一座不大上等的弄堂里。他家里住的更杂：客堂是银行里做事的王先生：前楼是公司写字间的沈先生；三楼亭子间住了一对少年夫妇，说是学生，却不见去上课；三楼才搬来了一家人还不知道是干什么的。这样夹七杂八的人家挤在一块儿，有几十万家私的人，如何能安心住得下去。好在金先生是二房东，他借口有亲眷要来，便把他们都辞退了。

有一天，从前同住的王先生很早地来看他。一见面，先满脸堆着笑：

“金先生，金师母，您好！怎么还没有搬场呀?”

“哎哟，王先生，我并不要搬场，我们是有亲眷要来呀。”

金师母连忙分辩，王先生却哈哈大笑了。

“金师母，您不用瞒我。这样坏的弄堂，有钱人家还能住吗？我想你们早该搬场了。”

金保禄夫妇暗暗地吃了一惊：

“王先生真会开玩笑，嘻嘻嘻！”

“我们穷苦人家，那里像你们银行界那样发财呢。”

王先生又更笑得起劲：

“中奖券比银行发财更快哩！不过，谁是财神，我们银行界都有数。”

金师母连陪笑的勇气都没有了。

王先生这回却也做起正经面孔：

“这弄堂太吵杂，你们怕不大合式。敝行倒有一所好地产……”

× × ×

沪西地丰路的新弄堂，地丰邨里，如今，有了金保禄先生的新住宅。

王先生总算没有拆烂污。他介绍的是押在他们银行的一所新造的弄堂。房子不到十栋，但交通便利，环境清幽。金保禄花了十万多块押了下来。自己有了新房子住，每月还可以收点房租，金师母先满意了。她并且劝金先生辞掉了圣××堂的账房。

因为这笔交易，金保禄结识了不少的银行家，地产家和有名的律师会计师。说到立身出世上，也是一件得意的事。

跟大人先生们来往了以后，他觉得保禄这两个字怪俗，怪难听。有一位做过教育总长的文大律师起给他送了一个号，叫做：“希圣”，从此上海的名流社会中，就添了金希圣这位新人。

有一晚，在群玉坊的小玲珑书寓里，王先生摆花酒请客。到席都是上海的一些闻人名流。金希圣先生自然也有份。他很奇怪老王倒还有这样大的场面。

台面摆好了，主客还没有来，客人有的在打牌，有的在抽烟，有的在玩桌上高而夫球，有的空手看热闹。王先生把他拉到一边，跟他谈起话来。

“希圣，今天请你来，一来是大家玩玩，认识几个朋友；二则还想请你帮帮忙。”

他想：“该不是向自己借钱罢。不过他有这样大场面，借给他几百块，也不要紧。”

没有等他开口，老王又说了：

“有几个朋友想办一个银行。大家伙叫兄弟做总经理。兄弟资望浅，本不敢冒昧。好在背后有上海财界几个大亨来撑腰，兄弟才答应了下来。银行公会主席，钱业公所主席，还有张将军，王总长，和上海几个大亨都答应做董事。这样的机会，你老兄也何妨出来干干呢！”

接着，王先生便说一大堆银行的利益。他对于这一道近来也有点明白，便也提出了几点疑问。王先生都给他圆满答复了。金希圣答应缓几天回音，可是，听口吻，他是已经同意了。

等一会儿，一个瘦个儿的中年人和一个高个儿的老头子来了。主人说声请坐，客人便各找着熟人坐下了。

× × ×

建华银行的广告，不久，便在报上大大地登了出来。总经理当然是王吉甫（忘记了告诉读者诸君，王吉甫是王先生的大号。）金希圣做了董事兼监察员。

这位子并不是平空得来的。他不单是五万元的大股东，并且，经了王吉甫再三劝说，他在这新银行里，还移存了十万元现款。

如今，上海财界要人里面，金希圣俨然也有了地位。藉着建华银行这机关，他和几个行里几个头脑，大做投机生意。他们合组的字号，是交易所中很红的号头。

可是，他在做金子证券的买卖以外，对于提倡实业，也肯尽力。有几家丝厂，邀他加股，他便一万八千地拿出了不少。金师母老不赞成他这样大做，他便拍拍胸膛：

“我金某人，用天下之财，兴天下之利，成败得失是不计较的。只有我走好运道，像五十万这样数目，总还该有几个哩！”

瞧，他说话多漂亮！这不是一个月拿四五十块钱的小账房说得出的。当然，他有钱，什么知识学问也便应该归他所有。他的身边不缺少几个金元博士做顾问呀。

周游欧洲，在德法两国宣扬过东方文化的沈一苹先生更是他的灵魂。他对老婆说的那一段话，就是沈一苹先生所宣扬的服务哲学。沈先生不单指导他的精神，帮助他的事业，并且还给他制造安慰，解除痛苦：他给他介绍了刘云眉女士。

喜欢看电影的朋友，总还记得起这位刘云眉女士罢。她是老牌明星，她是黑籍美人，她是情杀案的主角。金希圣虽然对这些事不大明白，可是，他看见了这位浓装艳服的徐娘，也晓得她的来头一定不小。

她做起娇羞的样子跟他拉拉手，沈一苹在旁边告诉他：

“刘女士从前的确太那个。她现在要新生活了。这很不容易，这很不容易，我们应该拿出牺牲的精神，给她服务，哈，哈哈。”

结果，金先生每月牺牲五百元，刘女士牺牲了别个男朋友，他们两个相互服务了。

× × ×

他们两个在澳门渡了蜜月，又在香港玩了两个礼拜，一个春风沈醉的晚上，坐了法兰西皇后号的头等房，回上海来。

跳舞跳腻了，扑克牌打厌了，刘女士便叫金希圣去听无线电，她想听听流行歌曲来解烦闷。

忽然无线电中报告了一段新闻，使金希圣先生吃了一惊：

“上海建华银行，向做标金证券生意，营业甚佳。

近因标金续跌，该行损失甚巨。兹值四底清算期，该行所欠二十余万，一时无法通融，迫得宣告停业。该行资本号称二十五万，实收只及半数；因其在美国注册，市民深为信用，存款颇多。今一旦停业，受损失者当不在少数云。”

报告员还在继续报告，金希圣却再可听不下去了。他的耳朵好像被大炮轰了一样。只在轰隆作响。

他走到甲板。坐在一张藤椅上静了静神。海上的月夜是怪幽静的。他想到两个月丝厂关门，自己损失了上十万，如今又是银行发生变化。自己做的那宗金子，不用说也是赔了。股款自然拿不回来，存款也没有希望。自己又是董事，责任是卸不掉的。自己所剩的只有那条弄堂。但是现在这局面，押都没有人要，谁还肯买呢？

他忽然想起了圣××堂的账房间。那些吃“阿门”饭的朋友，还在那里打算盘记账簿罢。自己却好像隔了一世，再也回不去了。

“大林！你在这儿看星星么？”

一付涂满蔻丹的手指摆在他的胸上。他捻住她的手，轻轻地抚摸着，声调却是很激越地问道：

“这回奖券是几时开彩呢？”

一九三五年六月

恳亲会

去呢还是不去呢？一直到了开会的前两三点钟，他还没有决定。

他并不是什么国家主义者。对于这种国际间社交的会合，他本来没有什么固执。

当招待的帖子发来了以后，在留的中国同学，意见很不一致。有的主张全体出席，有的主张一致拒绝，这样极端的意见，倒把大多数无主张的人吓倒了。

“为什么吃一顿饭，也有这样严重的意义？”

许多新来的同学，在背后这样议论。终于由一部分同学的提议，召集了一个临时大会。但是，在会场上，两极端的议论，依然相持不下。有些觉得没有意思的人，便中途退席了。结果，还是采取了中立派的意见：

“各人自由行动。”

不过，附加一个希望，就是：

“顶好，大家都去。若是去的人太少，那么，大家就都不去。”

最后，又推举了几个代表，预备当日在会场上说话。只要大家肯去，这些代表就必须出席。

孟雄没有什么主张。像这种外交辞令的聚会，他根本就不感觉兴趣；但是，好奇心却逗起他想去一观究竟。他简直成了一个机会主义者。

大会既然得了这样一个模棱两可的采决，机会主义的心理反支配了大家。

彼此见面的第一句话，便是那天的出席或不出席。

“喂，老X，你去吗？”

“忙什么，等等看。”

直到开会前的三两点钟，还没有决定去不去的，倒不在少数呢！

× × ×

大约是十多年前的事了。那时候，黄海两岸的两个国家，正在高唱着“亲善”，而“同文同种”，“共存共荣”，这样的口号，在黄海东边的日本，尤其唱得起劲。因此，一些古怪的议论，就在这海东三岛发生了。

有些大学教授主张开放家庭，欢迎这远来的留学生。爱国妇人会的会长，鼓吹年青女子，应该安慰异国少年的寂寞。还有其他形形色色的议论。

但是议论毕竟是议论罢了。家庭开放，怕只有吉野，新渡户几个博士先生才能做到，而且也只开放给一些亲日派。至于爱国妇人会的妇人，并不因为会长的提倡，便去以身作则，实行那种“周郎”式的爱国思想。

资本家便不同了。他们有的是钱。有钱斯有醇酒，有钱斯有妇人。他们便拿出剩余价值的一点滴，大开其“联欢会”，“恳亲会”，“园游会”，以实行其“共存共荣”的大理想。

但在一般留学生，却很奇怪，一听见“亲善”两字，便要头痛；一听见“共存共荣”，更急得咬牙切齿。

所以，每遇到这样的招待，留学生方面，总要卷起一番风云。有些地方一致拒绝了，却落了个“不识大体”的非难；有些地方强迫着全体出席了，但是无聊的亲善论惹起大家的反感，结果同学会的干事大受攻击。K 市同学的那种很自由的决议，实际只是苦痛教训所给的折衷办法。

孟雄和他的几个朋友，暗笑干事的无能，同时也佩服他们的乖巧。他们只得自己商量，结果还是好奇心占了胜利，他们都决定出席去一观究竟。

下课后，在东山兜了个圈子，他们便到会场去。

× × ×

会场在“花见小路”的一个俱乐部。由东山下来，跑出“圆山公园”向“四条通”走去，不到二三十步，朝东转湾，就可以看见那座精巧玲珑的木造的东洋房子了。

这并不是普通一般的俱乐部，实在是这一带地方花柳界的会所。因为地方宽敞，颇可以作大规模的宴会，所以，有些花柳界的恩客，常常在这里欢宴。

花柳界的恩客，当然是那些资本家了。资本家在这样地方饮酒作乐，本是家常便饭，可是，被招待那一班穷苦的留学生，却惊倒了。他们从来不会到这样地方来，就来过的人，也只是一年一度，看看日本式跳舞的“都踊”，现在却要在这里作座上佳宾了。在不多更事的他们，心头总觉得怪痒的，说不出的味道。

会场设在楼上。四五间大屋子统统打通，足有五六十铺席子。十几只饭台，早已陈列齐整了。三二十个年轻的女子，打扮得花朵一般，穿着五光十色的衣裳，跪坐着在等候客人。孟雄和他的几个朋友进来的时候，还只到了十几个人，而陪客的日本学生却占了大多数。

孟雄和几个相识的打了个招呼，便拣了靠墙的一块空地方坐下。艳装的女侍，跑过来跪献了一杯清茶。

来宾陆续增加。等到 K 大学的秃头总长来，便正式开会。

总长被推举出来，代表主人说几句话。他所说的，同他的秃头一样光亮，一样圆滑，捉摸不到一点什么东西。留学生代表的答辞，也是千篇一律的外交辞令。

就在这外交气象中，酒席将要开始了，一位姓末广外交学权威的博士，忽然站起来演说。他虽然在大学教授外交，可是他的言语态度，却一点也不合外交仪式。

他不客气地指出中国政治混乱，他简直疾言厉色地，诘问革命十多年来，中国何以毫无进步。

这好像一块巨石突然投在平静的水面，马上引起了很大的波纹。许多人都气愤不过，起来和他争辩。上次大会所定的计划，完全失败了。各人都自由发言了。

孟雄也简单地讲了几句，他的话大约是这样的：

“中国自从革命以来，还未能好好建设，这的确是不幸的事情。方才这位先生的责备，虽然有些失礼的地方，可是他的热心，我们也还应该感谢。不过我希望大家明白，中国的不好，不仅是中国自己的责任，还有许多外部的原因。这些外部原因是什么呢？就是‘亲善的邻国’对她的阴谋。那些‘善邻’，今天挑拨甲打乙，明天又供给乙去打甲，等到两下打起来了，他们又出来干涉调停，要求权利。假使，从今以后，她的那些邻邦不再去挑拨是非，趁火打劫，那么，中国民众会自己起来解决自己的问题。所以，我们所希望的，不是邻国的亲善，更不是邻国的援助，而是他们的绝对中立和不干涉。刚才演说的那位先生，对于我们的责备诚然可感，但是未免忘记了自己。我们希望他老先生出来提倡不亲善不干涉，让我们民众有自己起来的机会，那我们就要更加感谢了。”

一阵热烈的鼓掌声由四座传播过来。就在这样热闹光景之下，大家就坐了。

× × ×

孟雄带着兴奋，就检着自己面前的一张饭台前坐下。一个带罗克眼镜的日本大学生作了这里的招待员。那位肥胖的博士也跑过来坐在孟雄的对面。他感觉到这古怪先生又要播弄他的广长舌了。

是纯日本式的酒菜。东西都很上等，不失为一流资本家的招待。

两个女侍过来斟酒。她们跪坐饭台的角旁，柔顺得和小猫一样。

酒过了几巡，大家渐渐免去了拘束，随便地谈笑。秃头总长的快活的笑声，从那边的台上传来。只有这里，那位教授先生，依然是道貌岸然地端坐着。这一桌的空气，因之，也就有些生硬而紧张。连两个女侍都不容易作笑容了。罗克眼镜虽然用了许多机智，想把空气转换过来。然而回答只是冰冷的沉默。

“这位老夫子一定在想着报复的方法了。我何不先下一手呢。”

孟雄这样想着，便向那博士问道：

“以前有位铁肠居士，也姓末广，不知可和先生是一家不是。”

他马上挺起胸膛，双手放在膝头，肃然起敬似地，回答道：

“那是家父。”

“那么很失礼了。铁肠先生的大作像《雪中梅》，《佳人奇遇》等书，我都读过。他老先生所写的政治小说，在我们敝国里很盛行过一时。那样的小说是很有意义的。先生以为如何?”

“是的，那个时代是很有意义的。人们都很真诚。”

孟雄便追上去：

“铁肠先生也会从事政治运动，据说。”

“但是，并不甚得意。家父吃了许多失败呢!”

他的两眼朝上望着，言语带了追忆的调子。方才那种横暴的神气，完全消失了。孟雄更追问道：

“那是什么时候?明治二十多年罢?”

“是的。”

“西南战争应该已经过了十多年了。”

“是的。”

“但是那时代还是那样困难。铁肠先生还经过许多挫折，尝过许多失败!”

“是呀，那时候也是乱七八糟，正和现在的中国，相差不多。那也是一个革命的时代。”

孟雄想，是时候了：

“对呀。那也是个革命时代。从明治初年一直到那时候，已经有二三十年了。××的革命还并未成功。那么，中国现在的混乱，也就并不见得可怪了。混乱固然不好，但在混乱的里面，常常潜藏着新生的力量。这样看下去，中国现在的混乱，正不必悲观。因为，现在中国，正有许多革命分子，也像铁肠先生当年一样，虽然受尽无数挫折，尝尽无数失败，还依然百折不回，向前猛进呢。”

“是的，是的。那是很好的，那是很好的。”

回答的声调，觉得微弱而不甚清楚。

罗克眼镜想缓和空气罢，故意转换了话题：

“听说明治初年的那些志士，都很喜欢挟妓饮酒。不知那时候，也有这样漂亮的姐儿，在旁边侍酒吗？”

说着，他故意向他旁边的那女侍看一看。

“嗳哟，不要讲，什么漂亮。”

一个娇滴滴的声音，从旁边反射过来。

罗克眼镜很凑趣地调侃道：

“不用客气。你就漂亮呀，你叫什么名字？”

“我叫桂子，请诸位先生多多招呼。”

那女子含笑回答，说毕，恭恭敬敬叩了个头。

“好一个香艳的名字。可惜时候太早。我们只看见美丽的桂姐儿，不能吃一肚皮桂花香呀。”

“嘻嘻嘻嘻嘻。这位先生很会调侃人，讨厌的！”

好像真讨厌的样子，桂姐儿，含着媚笑，举起了她那可爱的小手儿。

当然没有打下来，但是，罗克眼镜却赶快将头向下一缩，做起一副滑稽的身势。

“了不得，这桂花要打到头上来了。”

大家都凑趣似地笑了。这才打破这里的沈闷。

× × ×

学生们高兴起来了。唱歌的唱歌，闹酒的闹酒。看见联欢的目的已经达到，先生们便知趣地退了席。

会场突然变换了空气。男子的喧闹和女侍的艳笑充满了全堂。那些惯于闹的善于调戏女人的堕落大学生，这时候，毫无忌惮地，发挥出来他们的擅长。还带着白线帽的孟雄只有呆若木鸡似地眺望的份儿。他很惊叹那些日本学生的善于辞令。他暗暗惭愧自己日本语汇的缺乏，不能完全了解他们的言语的游戏。暗示两性关系的言语，为他，另是一种不相识的外国语。对着这两性间的机智的交绥，他只有默默地作壁上观。

一阵，日本妇人特有的发香冲进了他的鼻孔。他突然由沈思中惊醒了。原来，桂子的小脸正凑着他的一双忧郁的眼睛。

“你在想什么呢?”

看见他扬起面来，她含笑问着他。

她不过十八岁。因为职业的关系，因穿着棕红色质地红色条线的绸衣，看去更显得老成些。但是，肥满的肩膊，在宽袖中，做起丰满的曲线。细长而白嫩的面孔，巨澈的眼睛，和又黑又长的眉毛，表示着日本古典美人的典型。

看见对面这男子在呆望着自己，她低下头微微地作了浅笑。她顺手举起他的酒杯给他斟满了酒。

“这位先生真作怪，怎么老是不作声。还是请你吃这杯酒罢。”

孟雄勉强地作了个微笑。但是酒杯依然放在台上。

“那么，我陪你一杯，好不好?”

说着，她便一口吞了下去。回头，她又举起孟雄的酒杯，送到他的唇边。他看见她的眼皮上已经带了微晕，恐怕她已有点醉意了，他只得接过杯来慢慢地咽下去。

“哎呀！一对情人在偷着吃交杯酒哩！这可不能轻轻放过。”

罗克眼镜故意做起超跨大的表情，在旁边叫喊起来。

“哈哈哈，当心当心。”

“呀，桂姐儿倒真实行起日支亲善来了。”

“哟！真干起来了!”

连邻坐的学生都凑起热闹来了。孟雄觉得自己的耳根都发烧了。桂子也好像难为情的样子逃到别个席上去了。

“真漂亮呢!”

罗克眼镜向孟雄做了个眼色。

“她恐怕还是初出茅庐的。老手不会难为情的。”

旁边一个日本学生在说，一面瞧着孟雄。

“朋友，努力！这是难得的浪漫事。”

孟雄，茫茫然，只觉得大家都在讥笑他。他很想马上离开此地。但，一见周围都在兴高彩烈，调情斗酒的时候，他只得硬着头皮又坐了下去。

× × ×

突然，电灯熄灭了，全屋变成了黑暗。

四座起了喧嚷和叫喊：

“停电，停电！”

“真真岂有此理！”

“嗳呀，讨厌得来！”

喊声，笑声，拍手声，脚步声，女子的叹息声，占领了这黑暗的全部。

坐在旁边的罗克眼镜突然起来跑走了。还有一个同桌的学生老早到邻坐劝酒去了。孟雄孤另另地一个人剩在那儿，更感觉到无聊。逃席，现在正是绝妙的好机会，但，在黑暗当中跑出去，不知要撞倒许多饭台子。没法子，他只得靠着墙壁，默默地坐着。

忽然，他听得一个急忙的脚步声向这边跑来。饭台子都被撞动了一下。便有一个尖锐而凄惨的声音冲进耳朵来：

“救命！救命！”

分明是桂子的声音。他正要奇怪她为什么这样张皇失措。猛然，他觉得一个棉软而温馨的肉体，扑向他的胸前。两只圆软而有弹性的小手，抓住了他的膀臂。短促的气息，和头发的香气，一阵冲入了他的鼻孔。

“救命呀！先生，救命！”

又是一阵叫声，不过声音没有方才那样尖锐和战慄了。

“怎样了？你怎样了？”

他有点发呆了，只得反射似地反问。

“他……可怕……讨厌！”

他依然摸不住头脑：

“他怎样了？他是那一个？”

“那个带眼镜的……他猛然用力抓住我……我讨厌……那样的人……”

他不禁用手去摸自己的眼镜。但，轻软的体重压住了他的膀臂。这时候，他才感觉到一种又甜又酸的麻木笼罩着他的上半身。他只得和缓地说：

“请你起来讲罢。到底是怎么一回事？”

“我讨厌……我怕……他又来了！他已经跑到面前来了。你瞧！”

说着，像丝棉一般轻滑的身体更贴紧了他。

“谁？”

他也觉得黑暗中有个影子向这边走来了，他便向黑暗中投射了一个尖利的质问。他自己都惊异，自己会发出这样的大声。好像这质问的声音战胜了周围的喧闹，那黑影子踌躇不前了。

他意识着一双锐利的眼睛在黑暗中凝视着自己。这挑战的想像反使他增加了勇气。他觉得好像骑士一般的矜恃冲上了他的全身。他觉得全身的血液都在倒流。

一只可怜的小雀儿投到自己的怀抱中了。对面，在黑暗中，一个残暴的饿鹰正在张开了巨爪。假使，很冷淡地不去遮护她，也许一个血腥的光景就会出现在眼前。

她用力把持着他的双臂。她的细软的散发在他的面部摩擦着，引起一种皮肤上的快感。他就用力抱紧了她，眼睛向暗黑中投射。

绢绸一般滑腻的皮肤贴近了他的脸。稍微带了点酒气息的呼吸冲进了他的鼻。电火般强烈的眸子，好像钉住了自己的眼睛。

他觉得浑身的血流都增加了速度。他奇怪自己为什么这样发抖。他的口干燥得好像要吸取她的那小嘴上的甜蜜来解自己的奇渴。

“当心！自己不要也变成饿鹰！”

他暗中对自己下了一个警告。他心中焦急在待着光明的重来。

他把沈重的脑袋向后边一靠。全身的重量都向后面的墙壁上投去。不料，她的身体，像弹簧反射似地，投到自己身子上来。滑腻而发烧的皮肤，轻轻地，跳射到自己嘴唇上。出乎意外而又很自然的一个甜蜜的吻。

紧张离开了全身。他的双手渐渐地松放了。他闭着自己的双眼，让那轻松的丝发在自己鼻前吹动。理智渐渐把他由兴奋中拖了出来。

× × ×

一阵，骤雨似的掌声惊醒了他。光明照澈了全室。像绵羊一般，桂子还匐伏在他的身边。呆立在面前的罗克眼镜，也好像从梦里惊醒了一样，向这边走了过来。桂子看见了，很本能地，更把身体贴近了他。

他看见这情景，他明白了刚才黑暗中所演的那一幕戏。同时，他也了解自己所处的地位。他重复正坐起来，等待这场喜剧的下文。

罗克眼镜在他的对面，抵头坐下。沈默又支配了这席上。

桂子仰视着他，轻轻一笑。她的眼皮儿还有点微晕。他回报了她一眼，描了一个九十度圆线，投在对面的眼镜上。

别个作招待员的日本学生，还没有忘记自己的职务，但大家都没有方才那种豪兴了。

有几个年长的便起身告辞了。

孟雄也站了起来。但是，盘膝坐的时间太久了，两腿完全失了感觉。两脚软洋洋地好像踏在棉花上一样。

桂子赶快扶住了他：

“好险呀！你还是伸长了腿，再坐一会儿罢。”

但是，好像生气这双脚给他丢了面子一样，他左腿站住，将右脚用力踢了几下；然后，又将左脚也照样踢动了一会。双脚恢复了知觉，他便戴起了白线帽，昂昂然走了出去。

桂子像斑鸠一样紧跟着他。当他披好斗蓬要将下去穿木屐的时候，她两眼钉住他：

“先生，有空请到我的地方来玩。不要忘记。”

他很含糊地点了个头。回转身，他便向外走去。

“不要忘记。先生，一定请来哟！”

走到大门口，将要转湾关时候，背后又射出了这样热烈的言语。他不禁回头一望。桂子正站在“玄关”上向自己摇手帕。

× × ×

初秋的冷风吹彻了沈重的头脑。凉夜的快感洗清了无味的兴奋和忧郁。他才复回到平素的自己。

清碧的疏水在电车道旁流着。郁森的东山排列在身边。半弦的月魄远远在山上滞留。月光和灯明给垂柳在水上弄影。

“这宇宙依然是这样纯洁呀。”

孟雄不禁长吁了一口气。但想起刚才那种污浊的光景，他又不自觉地摇了摇头。他耸了耸肩头，将两手向上衣的布袋中插去。他的左手撞着一个又硬又冷的东西。他顺手摸出来一看，原来是一张精致玲珑的小卡片。他走到电灯下边细细一认，那卡片上用行书体，印着这样几行字：“京华俱乐部，桂子，松原×××番电话上×××番”。

他脸旁不觉起了一副微笑。他很奇怪自己疏忽，竟不晓得什么时候她暗暗装入了这张卡片。

“难道自己刚才是醉了酒么?”

他暗向自己反问。那一幅兴奋的场面又烘出在自己的眼前。而连带着，那些污浊不快的记忆又在自己的脑中重映了一遍。

“联欢宴会……日支亲善……资本家的酒肉……贫困女儿的卖淫…”

这些事实的意味，像走马灯一般，一段一段，在他的脑袋中回转。忽然那罗克眼镜的面容，在他回忆的舞台中出现了。

他感觉到极端的不快。眼中燃起了憎恶的光焰。他好像自己也变成了这资产阶级小丑一样的人物。他感觉到异常的侮辱。他无意识地把那张精致的小卡片，揉成了一团，用力地向足旁的流水中投去。

一九三三年七月

圣处女的出路

一

三四年没有回家了。故乡，大大地变了样子。宽敞的马路。中西合璧的洋楼。百货商店和电影馆。一切物质上的进步，使人刮目相望。资本主义的狂风，冲破了函谷，吹过了潼关，而来摇撼这汉唐旧京。千年来的死都，渐渐地摩登化起来了。

尤其是那些年青的女性，使人不能忘怀。她们是十足地摩登化了。截发，时装，平底，高跟，这些皮毛的摩登且不用讲；她们的举动，言语，也当得起摩登二字。她们是多么聪明，活泼，大方，自由！你绝对想像不出：那和以前完全两样。

因为我会照相，我有一支“莱卡”机，我和她们接近，特别容易。其中有几个，很谈得来。现在，上海的马路上，虽是脂粉的洪水，但是，故乡那几个摩登女性的倩影，常常还在脑海中往来。譬如，这时候，我正想起了那位天真烂漫的桂英女士。

她只有十七八岁。她和我们是邻居。每天和我妹妹一同到学校去。下了课，常常一块儿玩。她很会玩，很会淘气。但她却肯听人说话。譬如，我拿着“莱卡”机，对着她：

“密斯赵。不要笑。再笑，照起相来，口就要像个血盆了。”

她马上就会庄重起来。有时候，不晓得什么事不合脾胃，她板起面孔，撅起那小嘴儿；我便开着玩笑：

“好大的脾气。我看将来你到社交场中，谁还敢和你跳舞?”

很灵验地，一会儿，她就恢复了温和的面容。

她是这样活泼泼的一个摩登女子。但是，一想起她，便有另一个清癯阴惨的影子，浮在我的脑中。这并不是联想的对照律。这有一串活生生的事实作背景。

有一天，我背着镜箱回来，看见桂英和另一个清瘦年长的女子，从她家中，一道走了出来。我打了招呼，照例调侃她几句；但是她面上只浮了一个勉强的微笑。再看那一个女子，一种愁苦的面容，使人心中怪不舒服。我好像闯了什里祸事一样，匆匆地点了点头，跑回自己家去。

接着，她好几天没有来，我心中渐渐不安。妹妹告诉我，她姐姐回来了。我才明白，那天所见的，就是她的姐姐。我疑心，那女子一定是会干涉她的一个讨厌的人物。

后来，她来玩，我很同情地说：

“密斯赵，这几天苦了。姐姐管住了你。”

但是，回答却完全出乎意外：

“她还管我。她自己被人家管得才可怜呢！”

“怎么？她丈夫很凶吗？她婆婆太顽固吗？”

我由不得这样发问。但是，妹妹却抿着嘴笑：

“她丈夫在天国呢！”

“哦！年纪轻轻就守寡吗？”

这回，我的新夫人却忍不住了。她很庄重地说；

“不许胡说巴道！人家还是童贞女，是修道的童贞女哩！”

我完全茫然自失了。我又惭愧，又疑惑。惭愧我自己失言，无端得罪了可爱的桂英女士；但是，我总不能相信，这样摩登的女郎，会有一个修道院的姐姐。

二

现在让我来讲桂英女士的家世罢。

提起白鹭湾的赵家，你也许还记得。她们在那儿住得很长远了。从来，白鹭湾出了许多漂亮女孩子；赵家的姊妹花，更是啧啧人口的。像我们这样多在外少在乡的，这些事情，当然不会知道。后来，我打听到，她们的名气倒很大哩。就是桂英的姐姐，她叫梅英，以前风头也颇不小。虽然我看见的时候，她已经面黄肌瘦，形容凄惨，但是，两三年前，许多年青子弟，还都追随着她的后尘呢。

赵家本是一个中产人家。他们代代是经商的。桂英姊妹的父亲，也继承祖业。多年来的辛苦积蓄，总算稍微有点产业。可惜他正当年富力强，便匆匆去世了。那时候，桂英才不过两岁，梅英也只有七岁。她们的母亲，一个二十四五岁的年青妇女，自然是惊惶失措，不知所为了。赵家的同族，看见这样漂亮的小寡妇，又看见这样富裕的家产，谁不眼热呢。于是，不三不四的谣言，不知来由地发生了。甚至，有些胆大妄为的野心家，竟然起了“惟鹊有巢，惟鸠居之”的念头。软来的也有，硬来的也有，甜言蜜语也有，恐吓讹诈也有。桂英的母亲，本来不是什么天生的节妇，但是看见周围这一群男子的卑劣无耻，她反而生出“死守”的决心。大家看见“此路不通”，于是又借口“家务”来和她打官司。她自然不肯让步，娘家也给她帮忙，这官司就拖延下去了。打官司的秘诀，第一是钱，第二是钱，第三个还是钱。加之她是个有钱的小寡妇，衙门方面对于她的诛求，自然更要厉害。不到三年，她的家财已经去了一大半。她想，长此下去是不得了局。她颇有点后悔。她很愿意自动地撤回诉讼。但是，那些吃公事饭的人，却并不是那样容易说话。她简直是骑虎难下了。她有个亲戚，便给她想出一条妙计。元来，这个亲戚也曾吃过衙门饭的。衙门的秘诀，他是件件精通。他晓得百姓怕官，官怕洋人。并且他亲自经过许多洋务案件。他所以劝赵家寡妇去吃洋教。她很不好意思。他拍着胸膛说，只要她一进教，族里也好，衙门里也好，保管再没有谁敢来啰嗦她的。她有点心动了，便托他去打听，怎样吃教。恰巧他有个朋友是在天主教的，便把天主教的许多好处，说了个天花乱坠。进过长安城的人，谁都知道，天主教教堂的规模宏大吧。土地庙什字的一带地面，完全给它占去了。那城壁一般的围墙，高大的自鸣钟塔，雄伟的礼拜堂，宽敞富丽的花园，这样的规模，凭你什么南院，北院都万万比它不上。东关的福音堂是更不用说了。所以许多走头无路的人，都藉此为逋逃薮。加之那位瑞典神父非常横暴凶悍，官厅特别怕他。天主教的势力益发扩大起来。在长安城中，这天主教的力量是人人晓得的。她听了这话，自然觉得很好。不过她很难为情，不，她很怕。洋鬼子生吃活小孩子，这一类的话，她当然不相信。但是，那高鼻子，绿眼睛的一副尊容，毕竟是可怕的。尤其是那神父都不讨老婆，而自己又是一个年青寡妇。这一定不妥。这一定会惹出谣言。她踌躇起来了。但是经不住差役的催索，和族人的胡缠，她才翻然下了决心。

进教的手续，比较简单。除过忏悔，洗礼等等仪式之外，赵家还捐了一座房子。这房子虽然已经租给别人了，却是赵家祖传的遗产。她起初很不肯割弃，教会方面再三劝说，她终于慨捐了。从此以后，果然非常灵验，衙门的差役，和她亲族中的无赖，一听见教民两个字，再也不敢上门了。赵家母女，总算一时得了救济，过着太平日子。虽然，街坊邻家，对于这年青而美貌的寡妇，流短飞长，然而也不过是暗地里说说吧了，况且，她年纪也长了，又常常和那些男女教友来往，胆子也大了，这些谣言，她全不在意下。

现在，放在她心头的，是她两个女儿的问题。这两个孩子，毫无所知地，已经变成天主教徒了。梅英十岁的时候，母亲便送她到教会去念书。那里的神父很爱她。放课以后，常常留着她玩。后来，神父叫她搬到教会去。过了几天，教会来人说，她已经做了童贞女了。她母亲又惊讶又难过。好像自己最心爱的宝贝，突然被别人夺去了。自己一生的希望，将来的依靠，都突然归于乌有了。她托人对神父讲过情，她自己也去神父那里哀求。然而，回答是冷冰冰的：

“这是上帝的意思。你不应该违背！”

她绝望了。她感到无限的悲哀。她恨那神父。她恨天主教。她恨劝她进教的人。她恨自己。但是有什么法子？况且桂英又在旁边叫：

“妈，要吃蜂蜜糖粽子。”

这无邪而可爱的要求，使她回复到现实。她揩了揩眼泪。她把桂英抱在膝头，一面拍着，一面念着：

“我娃乖！我娃是妈的好宝贝！”

她好像发现了一个新希望。她把整个生活重行建筑在这新希望上。家里是比以前寂寞了许多。而桂英却比以前更幸福了！

三

好了，她们的家世讲了一大堆，你也听得够麻烦了。现在，我们再谈以后的情形罢。

自从晓得了梅英的家世之后，我对于她，以前的猜疑和反感完全消灭了，反添了同情和好奇心。

我很想藉个机会去接近她，问问她生活的情形，并且，若是能够的说话，也很愿意安慰她。

然而这机会很不容易到来。因为，她出来是很不容易的，大约一个月中，她只能够回家一次，而且时间是很短促的。像我这样“游星”一般的人，那里能够恰巧地碰得到她呢？

但是，出乎意外，有一天，我同几个朋友回家，恰巧桂英同她那清瘦的姐姐，正在和我妹妹一道玩呢。她们看见我回来，似乎有点讶异的样子；因为，这样不上不下的晨光，正是平常在外边活动的时候。我妹妹先开口了：

“大哥，你不是说到大雁塔去照像的吗！怎么又跑回来了呢？”

不错，相匣子还在我的身上挂着，若是不撞见这几个朋友，这时候，我也许早已出了南城门了。

“还有比照相更要紧的事情，怎样办呢？”

我说话带着调侃的神情。这回却是桂英搭话了：

“赵家大哥，比照相更要紧的事情是什么呢？”

我却没有话可以回答了。本来没有什么事情。实在是几个才从北平回来的老同学，在路上碰到，硬要拖我回来看我的新娘子。而我呢，也正因为路上尘土太大，有点不愿意出城去了。

好在都是些熟朋友，我便索性和她开玩笑：

“好么！你真乖巧！你瞅着我不在，你把稀客带来了。你可不晓得我会阴阳八卦呢！”

这句话，反把梅英说得不好意思了。她的那苍白的小脸上，透出一层薄薄的绯红。这种幽静的，含羞的，怯弱的，一种说不出的，东方处女的美，特别地挑动人的心弦。我偷偷看见，我那几个朋友的眼中，都含着一种甜蜜的视线。我的妹妹带着一点非礼的口吻：

“人家来客人，你也有话说。大哥越发学得讨厌了！你赶快到新房里去看嫂子去罢。”

“哈哈哈。”

大家都笑起来了。我只得搭讪着说：

“密斯赵，多玩一会儿。等下午我给你拍张美术小照，好不好。”

又瞟了梅英一眼，她依然是低着头。我便跑到房里，带着同来的几个朋友，引见我的新夫人去了。

送客出来的时候，她们都不见了。因为已经没有什么兴会，我便没有再出去，在家里鬼混了半天。到了晚饭光景，我妹妹一个人回来。一见我，她就抱怨：

“都是大哥不好。好容易，人家把赵家大姐请过来玩，你们硬把她赶走了。”

“天理良心！我又何尝赶她去呢。”

我有点着急了。多亏我的新夫人转圜。她说：

“云妹，你为什么一个人回来？她们呢？桂英的姐姐，听说人很清高，我想会会她呢。你怎么不同她一路来？”

“人家还肯来吗？他的那刻薄的嘴，他那朋友们的骨骨碌碌的贼眼，人家还肯来吗？人家不比我们，受惯了男子们的欺负。”

这是妹妹的回答。她近来讲话很有点俏皮了。

结果，还是照了我夫人的意思。晚饭后，请她们过来茶话。

那晚上的茶话会，我变成了个最不重要的脚色。桂英和妹妹是一组，梅英和我的夫人是一组，她们都谈得很起劲。我只拿出主席的资格，招呼上茶点，招呼上留声机，有时参加她们队里作旁听生：这资格该不很坏罢。

我很奇怪，梅英和我的夫人居然能谈得来。她们两个，性情完全不同，差不多可以说是极端反对：一个忧郁，一个快活，然而她们谈得似乎很投机。梅英虽然讲话不多，但口齿伶俐，言语大方，毫没有白天那种畏缩羞涩气象。但是，有时我偶然发出一两句问话，她却用惊讶的目光向着我，我便噤住，不敢再往下讲了。

总之，那天晚上我很节制，我做起很庄重的样子。那回给她的印象，我想，一定是不很坏的。

四

一个月后，大约梅英的假期又到了，她们姊妹两个，回到我们家里来玩。

本来，赵家一不是客籍，二不是穷家小户，自然有很多的亲戚本家。但是，因为打了几年官司，许多本家亲戚就打掉了，后来又吃上了教，亲戚朋友简直完了。同她们来往的，固然有些新认识的教友。她们两姊妹，又不愿意和那些人来往。我们彼此是邻居，桂英和云又是同学，所以两家就变成非常亲近。只有梅英很固执，也许可以说是信仰热烈吧，就是放假回家，从也不愿意到我们这“俗人”家里来走动。可是，自从上回茶话会以后，她居然抛弃成见，肯到我们这里作客了。

这次来时，她比以前大方了许多。她不仅同淑贞——这是我新夫人的芳名——讲话，同旁人，她也一样地应对。就是我有时候插一两句，她也不像前回那样惊讶了。

依从云的提议，我给她们拍了一张合照，又给桂英两姊妹，另外拍了一张。也许是心理作用吧，我觉得梅英的那副清淑而含羞的神情，有一种说不出的美感。好像桂英的活泼丰润，在她面前，反觉减色。我很想给她拍张单身相。然而，没有等我说出口，她早已跑去了。

吃过晚饭，又坐了一阵，才送她们姊妹回去。

第三次的假期，梅英又和她的妹妹一道来了。这回比以前更熟了。虽然她还是沉默，还有点羞怯，可是不像从前那样拘束了。有时也同我谈话，问我上海的种种情形。她那苍白的面庞，带着一点兴奋，反觉得妩媚动人。我自然也很乐意同她讲话。

自从她来了几次以后，桂英好像压倒在下风了。幽静的她作了我们聚会的中心。

我们的聚会，固然只限于家庭的人员；但是，大家混熟了以后，我的朋友凑巧撞到，也有临时参加的。吴剑豪便是其中的一个。

吴剑豪，你或许晓得，他从前在上海的 L 大学里读过书的。L 大学，不知什么原故，被当局解散了以后，他便回到陕西去了。他为人善于慷慨激昂，和他的名字，倒有点相称。我在同乡会中，看见他发挥过几次蛮勇，和他做了好朋友。回到西安，虽然亲戚朋友不少，可是以前在上海一道吃过大米饭的老朋友，总要亲密点。因此，他到我家里来，大小不拘，都很欢迎他的。他为人脾气古怪，不大喜欢和女孩子们来往。偶然参加到有女人的聚会里头，他总是超然物外。他不会注意到人家，人家也不注意他。然而，事有出人意外的，梅英竟被他注意到了。

这不能瞒过我。第一次，他看梅英的眼，就和平常不同。他居然向我问她的身世。我虽然夹七夹八地调侃了他一阵，终于把一切情形告诉了他。我说：

“老吴，现在你明白了罢。她是天使，她是永远的处女。癞虾蟆，你便休想。”

当然，我是奚落他的。不，也许是奚落我自己呢！不瞒你说句老实话，我对于她，也有点在“想”。这是不应该的。我才结了婚。虽然不是恋爱结婚，我们的感情却是很好的。对于淑贞，我并没有什么不满足。她是个乐天派；绝对信任我。我和桂英或者别的女孩子玩，她从来不曾皱过眉头。在我自己呢，也不过是好玩而已，自己豪不在意。梅英来了以后，有点不同了。虽然相见的回数不多，但是，她给我的印象，一天天鲜明，一天天深刻。我自己也觉得奇怪，同时，我又自己辩解：

“横竖，她将来要做牧姆的。她一辈子不会嫁人。她也决不会和人恋爱的。我不过是一种好奇心罢了。”

这辩解，丝毫不能减轻我的精神上的担负。结果，便生了自弃的心理，就这样借题发挥，给自己一个难堪。

老吴是个老实人，他自然不高兴了。他以为自己完全无望。他以为自己是冒渎神圣。也许他和我完全是同样的心理。

比雪还白的圣处女，只应该是女性最高的理想之花，谁可以任意攀折呢！

五

然而，这理想之花。也有落到现实的一天。

那一天，我从外边回来，淑贞忽然告诉我，梅英回家了，她是由教会抬回来的。

她是病了。

淑贞和云到隔壁赵家去看她。晚上回来，云便嗅嚷着：

“梅英姐病的不像样子了。教堂真可恶。”

淑贞后来缓缓的说给我听：

“赵家大小姐确实病得厉害。不到一个月，人竟会变到那步田地。从前虽然瘦，还有点血色。现在完全变成死人一样。说不定，真有性命的危险呢！”

嘘了一口气，她又继续着说：

“不怪云妹妹生气，教会也确实可恶。她病倒了许久了，总不许她回来。若不是她妈妈听到消息去哭哭泣泣地哀求，恐怕死了都不能见家里人的一面。”

听了这些话，我心里不禁难过。教会的规矩，我不晓得。但是，无论如何，这样的处置，太不人道了。因此，对于梅英的这件事，我感到无限的义愤。

我很想去看看她的病状；若是能够的说话，我也很想去安慰她。可是我总不好意思去。

我只好间接打听一点消息。有一次桂英来了，我才托她转达我的意思。

听说她病得很厉害，热度很高，意识不大清楚。像她那样瘦弱的人，真恐怕要转成肺痨呢！

桂英也没有以前那样活泼了。容貌也有点消瘦，大约是担心事和彻夜看护的原故。

淑贞和云都去看过好几次。云一个人去的时候更多。不晓得她这样一个快活的人，也会同幽郁寞寂的梅英要好。

有一天，她由赵家回来，很气愤不平地对着我：

“大哥，你晓得赵家大姐为什么生病的？”

“奇怪！我怎么会晓得呢？”

我真有点奇怪了。

“哼！天主教固然可恶，你们也不好。也不管人家的境遇怎样。”

我更觉得奇怪。她生病和我有什么关系？为什么牵扯到我们？我们又怎样是不好？她这闷葫芦究竟卖的是什么药呢？我倒不得不切切实实的问个明白。

“云！不要开玩笑，你这话倒底是什么意思?”

“谁同你开玩笑，你听我说。”

云接着便一五一十的告诉我。这真冤枉，梅英到我们家里来玩，同我们一块儿照相，这样无所谓的琐事，竟会被教会晓得，引起很严重的问题。

梅英为此受了牧姆的警告，并受了主管神父的申斥。在严厉的训谕之下，她到冷清清的礼拜堂里，一个人作了个通夜的忏悔。

受了委屈，又伤了风寒，第二天她就有点发烧头昏。十年来的奴隶生活，使她把勇气消磨殆尽。虽然有病，她也不敢讲。不料想，过了几天，教堂做礼拜，主教就把梅英的罪状当场宣布。最后又叫梅英到演坛上当大众面前忏悔。梅英勉强走到坛边，刚要举步登台，脚已经软洋洋地举不起了。半个身子一偏，就咕咚栽倒在地下。神父制止众人不许去扶她，说这是圣母给她的显示。大家只得张目相望。神父便把众人统统赶了出去，梅英一个人，倒在那里，也没有人管。后来扫地的老婆子，看见她太可怜了，才把她抬到房间去。但是，管理宿舍的牧姆，绝对不容许，硬叫把她抬到另外一间空房里去。这样的牢狱生活，过了两三个礼拜，她母亲晓得了。她才千辛万苦，求情告饶，把她抬回来。这时候，她已经昏迷不省，成了一个半死人了。

听了云妹的这段报告，我不仅是气愤，简直觉得非常悲惨。这公开的交际，竟然会惹起这样意外的风波。真是二十世纪的咄咄怪事。

我马上想去告诉老吴，纠合同志，和这顽冥的天主教起一个斗争。但是，我又恐怕不妥，因为梅英正在病中，我不知道这与她有无妨碍。

最后我决定先给她写一封信，去慰问她。这是几天以后，我托云带去的。

回信是一直没有。

后来听说她的病慢慢地好起来了。热早退了。肺炎的征候也消灭了。可是还没有恢复原状。瘦削的双颊，深凹的两眼：那形状使人可怕。

这样的消息，多少总使我安了心。以前想斗争的那种决心，也渐渐忘记了。

一天，桂英来，忽然交给了我一封短信，却是梅英写给我的。笔迹潦草，毫无腕力，表示她病后，还没有完全恢复。虽然寥寥几句话，却使我现在都一字不忘。

信是这样写的：

梦霞先生：

承你安慰我，非常感谢！这回我从死中活来，我得了很大的教训。我觉悟了。我要寻自己真正的路。以后还要请你引导哩！

梅英

这出乎意外，她有这样的精神。她说的觉悟，就这封信的口吻去看，确实是有的。不过，她说请我引导，这却是怎么一回事呢？

六

梅英的病，一天天好起来了。桂英也渐渐恢复了她以前快活的样子。

再过了几天，梅英居然能够过来了，虽然她步履无力，时时还须桂英扶持。

她比以前更瘦了。不过并没有云和淑贞所形容的那样可怕的样子。她的眼光，反觉得炯炯有神；在寂寞之中，透出明澈的光芒。

我们家里的人，都过来问候她。几个小孩子，也围在她的身边不走。

我很想问她许多话，终于没有机会，只作了一番普通的寒暄而已。

从此以后，她便常常过来。她欢喜同小孩子玩，不过小孩子闹起来，她却应付不上。她和淑贞讲得很亲热。我很奇怪，她们有什么话好讲。

有一天，我和淑贞开玩笑：

“你和梅英女士讲些什么？我看你们讲得很得意呢？是她劝你也进修道院吗？”

“算了，再别说这样的俏皮话。人家有许多委屈，讲不完哩！你听了也会难过。”

“不是那些神父欺负她吗？”

“话多着哩！霞，你说，天主教的那些东西，真的不是人！”

“怎么？少奶奶也生气了？”

“谁听了不生气，你还说，她劝我进修道院？你真胡说！连她自己都想出来呢！”

“那么，她请你做军师吗？”

“你总是这样，讨人嫌！她不过对我诉诉苦而已，又是什么军师。”

“她就有这么多的苦痛吗？每回总说不完。”

“多得很哩！她说她想写出来，可惜没有那样文笔。”

“那么，你给她当个书记好了呀。”

“你又来了。快出去，我不和你讲了。”

“我再不了。好人。你把你听到的，告诉我一点吧。你晓得，我的那三朋四友之中，颇多打抱不平的英雄豪杰。我若说给他们，他们也许帮一手哩。譬如老吴……”

“好啦，你先去吧。我以后慢慢告诉你。”

下面我告诉你的几段故事，就是间接由我的夫人那里得来的。至于她在什么地方讲给我的，那你不用管。

七

梅英进教会的时候，是一个瘦小的黄毛丫头。牧姆把她放在寄宿舍里面，告诉她，以后一辈子都要侍奉上帝，她怕得只是哭。她想上帝也是绿眼睛黄头发的东西吗？同这样的东西，过活一辈子，她怎么会不怕呢？

但是，牧姆却告诉她，上帝是很慈爱的，比爸爸还要慈爱。中国孩子没有福气得到这种爱。梅英是有这样福气的第一个人了。

梅英的爸爸，很年轻就死了。她不懂什么是父亲的慈爱。她只记得爸爸常常打她，有时候却也抱起她，当把戏来玩，上帝也会这样吗？她想问牧姆。但是，看见那副高鼻梁，想说的话，就被挡在喉咙里面了。

后来，换过几个牧姆，只有那位白兰丁姑娘，总对她是很亲热的。

梅英十七岁的那一年，白姑娘要回意大利去了。她把梅英叫到她的房间，紧握她的双手，两只深而大的碧眼，只呆呆地望着她：

“亲爱的赵，将来你到罗马来罢，我们在那儿再见。你不要忘记我！”

说着，紧抱她的腰；在她的唇上，颊上，眼上，额上，面部的一切上，发狂一般，热烈地接吻。

梅英从来没有过这样的经验。她又羞又怕，心头只觉得突突地跳。

× × ×

俗话常说，“女长十七八”。梅英，现在虽然很憔悴，可是当她成熟的年头，她足足具备着处女的一切美点和媚态。据说，那时候，她的容貌，她的姿态，满在现在的桂英以上呢。

因此，在宿舍里面，不免有许多同学为她发生纠纷。宿舍管理潘琪姑娘便索性叫她搬到自己隔壁的屋子来住。

梅英觉得讨厌，也是没有法子。潘姑娘每晚就寝以前，叫她到自己房子来，一同看《圣经》，一同做祷告。那老姑娘脾气非常古怪。对她讲话，总是《约伯记》一类的东西。常常把《创世记》中乐园被逐的一段，讲给她听。并且结论老是说，侍奉上帝的人，要保持自己的清白，不要再犯夏娃的罪过。

梅英觉得她好像故意骂自己，句句话中都带的有刺，她因此很不高兴。

老讽刺家却不管这些。监视的眼锋，一刻也不肯放松。她感到不安，真所谓如芒在背一样。

恰巧有一天，她同一个比较要好的同学，放课的时间，在草场上走了几个圈子，却被那老侦探抓住了。马上飞来了一个凶恶的眼光，使她打了一个寒噤。夜里。看经的时间，她硬叫她跪在圣母的像前忏悔。这真是天大的冤枉。她自然没有什么可以忏悔得出。那老审问官如何肯饶过她。许多假想的罪名，便摆在她的面前，硬要她承认。并且，宣告一个礼拜中间，她每晚都要在圣母像前，诚心诚意做忏悔。

阎王殿上的拷问，也不过是这样残酷罢。尤其使她难堪的，那老姑娘空中楼阁的设问，包含着一些男女的关系。但是她，连同性爱都没有经验，更谈不到异性。她觉得感受到无限的诬辱。

老舍监看见几天的讯问，都没有一点效果，简直咆哮发狂了。饿鹰扑雀一样，她抓住她的双肩；她大叫：

“赵梅英，你不肯说吗？你想骗我吗？你想欺骗上帝吗？啊啊！欺骗上帝，多么可怕！你要打入地狱去了！你要进地狱去了！啊啊！多么可怕！多么可怕！”

像暴雨的雨点一样，咒骂的字句，滔滔地从她的口角流出。可怜的梅英只有俯首痛哭。

那老处女忽然把她抱住，像母亲哄小孩子一样，一面摇着她，一面说：

“小乖乖，不要哭！你是个小绵羊，上帝宽恕你的。”

她在她的额上，颊上，痛烈地接吻。

梅英不知怎样好，双肩依然耸动，更加咽呜起来了。

忽然，她推开了她，很生气地：

“去罢，去罢！你这个恶魔！”

× × ×

菲立德姑娘，是最年轻的牧姆。年纪不过三十左右，人也长得很漂亮。白皙的鹅蛋面庞，高挑身材和纤细的腰支，十足地表现出一个西方美人。举动也自然而有风韵，不像别的牧姆那样死板板地装腔作势。梅英觉得她和蔼可亲，她也喜欢梅英的端庄闲雅。因此，她们两个比较是很投契的。

这一年的夏天，菲姑娘要到乡下避暑，约梅英跟她同去。此时，梅英已经二十一岁，达到最圆熟的时期了。

她们便到同元坊去，同元坊在渭河以北，是高陵县下的乡镇。虽是一个乡镇，却是天主教的重要地方。那里教堂的规模很大，神父的地位也很高。从前许多官僚军阀失败之后，就逃到这里，托天主教的保护。因此，这里便在无形之中，变成陕西的变相的租界了。

她们到这里的教堂里去。她们两个人住在一间屋子。这时候，她们再无顾忌了。菲姑娘显得比以前活泼了许多。久经压制的梅英，现在也可以自由地发舒自己了。

到了晚上，她们俩联床对话，更加快乐。菲立德姑娘虽然是葡萄牙人，但却生在澳门，长在北平，她说得满口漂亮而清脆的北平话。梅英每听得她的沥沥的声音，便嫌恶自己言语的呆板粗俗。

不知不觉地夜深了，梅英便起来扭灭了洋灯。回到床上，但是，无论如何，她总睡不着。她听见对面的床上，也有辗转反侧的声音。她想问问菲姑娘到底睡着了没有，她又恐怕扰了她的清梦，她便止住了。索性翻转身来，面向墙壁，拼命去找瞌睡。她迷迷糊糊地，觉得一股热气嘘嘘地逼进到耳边。忽然，被头来了一阵风：一个棉软温馨的身体，靠近了自己的身傍。

“密斯梅英！密斯梅英！”

低微的呼唤，分明是菲姑娘的声音。

这一下，梅英完全清醒了。她转过身来，菲姑娘，好像在等待着一样，伸手去紧紧抱住她，她发狂一样地说：

“密斯梅英！我们一道儿睡罢！好孩子，我们一道儿睡罢。”

她把大腿压在她的身上。肉体的摩擦，使她们都兴奋了。梅英只觉得浑身火一般地发热，心几乎从口里跳出来，菲姑娘在她面上，身上狂吻，口里还叽叽咕咕：

“梅英，好孩子！亲爱的孩子！”

大家都感到快乐的疲劳。菲姑娘才慢慢地回到自己的床铺里去。

从此以后，每晚，她们总得同睡一半个钟头，然后各自去安眠。

秋凉后，她们回到省城，各人又去做各人的事。但是，暑期中的甜蜜的记忆，使她们更亲近了。但是，也就因为这个，招来了许多意外的风波。梅英为此受了许多同事的嫉妒，和外国牧姆的白眼。

× × ×

若是这样的痛苦，只限于同性所给她的，那她也许还可以忍受。但是，年青而且美貌的她，怎能避免男子们的攻击。你别说天主教是禁欲的。其实，天主教的思想倾向反而很富于肉感。况且，在禁欲的假面底下，那种变态的兽性的暗攻，更加厉害。一个纯洁不更世事的少女，怎能忍受得下？因为这个，梅英不知道受了多少冤枉。

石丹白主教，虽然须发都雪白了，可是精神却很矍铄。他有北国人特具的伟大的体格和深炯的目光。他是瑞典人，却讲着一口江北话。据说他在扬州传了二十多年的教，可是他的扬州话是异样的难听。不过中国的人情世故，他却是熟透了。交结官绅，哄骗百姓，他真是一个能手。不单是教会中人佩服他，就是教外一般的人也都敬重他。西安的主教，他从前清时代做起，从来没有换过，差不多成为他的金饭碗了。

他最得人家信任的，就是不近女色。不，这样说还不够味儿，他是排斥女人，痛恨女人。许多女教友，因此，非常敬他怕他。梅英做童贞女就是他的主张。所以，梅英对于他是特别敬重，特别害怕。只要一看见他那深凹的眼睛，骨碌骨碌一转，包管她浑身要打一个寒噤。

他对于她，的确是很严格的。他虽然不直接管她，但是他却在后面严密地监视着她。因为他相信，是他把她引到上帝的国度的。假使她有什么违背上帝的事，都是他自己的责任。

每次，梅英有了什么过失，被舍监或别个牧姆检举的时候，他一定要把她叫到他自己的隔壁的一间独房，在自己面前忏悔。他变成了上帝的代表，很严厉地责问她。她为人是直爽的，她很坦白地承认自己的过失；但这严峻的老主教，却不肯坦白地相信她的忏悔。他一定要问得她无言可答，然后他才宣判她的罪状。到这时候，她的身上已经不知道吃了他多少鞭打了。

梅英最后所受的那惨酷的责罚，完全是他给她的。她病了以后，依然把她监禁在空房子里面，也是他的主张。所以，一提到他，梅英现在还要仓皇变色的。

八

我想这样的事情，我也不再啰嗦讲下去了。横竖，在那不见天日的大伽蓝底下，黑暗的事情多着呢。况且，梅英是一个年青女子，有多少龌龊的话，她讲不出口。在你还许听的不够味儿，那也请你格外包含一点罢。

你问怎么结局么？你别忙，我自然会告诉你。

自从病好了以后，梅英常常到我们这里来。如今，她完全变样子了。精神也活泼了，举动也大方了，言语也锋利了。虽然还是那样清瘦，却没有憔悴可怜的样子。偶而我安慰她两句，她对我送来谜一般的微笑。我反觉得自己太呆笨了。因此，几次想问她那信上所讲的话，终于没有得到机会。

我的朋友来玩的很多，她遇见时，也不像以前那样羞涩了。那些好顽皮的朋友，在她面前都不敢任意地轻薄颠狂。尤其是老吴，他更现出局促不安的神气。这使她又奇怪又好笑，但是后来，她对他反特别注意了。

教会晓得梅英的病已全愈，时时着人催他回去。梅英的母亲，也因爱女心切，其初总是托辞推诿；后来看见梅英完全没有回去的意思，一天只同我们在一起玩，她倒有点着急了。她会托淑贞劝过梅英，这不用讲，是没有什么效果。

这样过了几天，淑贞的态度却有点不对了。她那快活的神情，不知道跑到那儿去了。她时有忧色，也不多讲话。晚上，我温存她，她总有些格格不入的神气。唉！我明白了。这可怜的孩子着了魔啦！她怀疑我，她以为我和梅英有什么。这真是冤枉，梅英对我的态度固然很好，但是我怎么能够背叛淑贞呢？不过我也没法分辩。就叫我在神前忏悔，我也说不出所以然来。因为，我实在对她非常同情，也许这就是一种爱情。假使我没有和淑贞这样幸福地结婚，我已定接受了她的好意，或者更进一步，我自己向她求婚呢。

形势突然紧迫起来了。教会通告梅英，限她三天以内回来，不然就要开除她们一家。她母亲连哭带劝，叫她千万不要违背教堂的意思。梅英却哭着，死也不肯回去。这消息传来，我们家里也紧张起来了。我心上好像有个尖锥在刺，坐立觉得不宁。云又在那里打抱不平。淑贞却对于我的举动，特别注意。这更使我感到不快。我便匆匆出去，到几个朋友的地方乱闯。他们都觉得很奇怪：我始终没有告诉他们一句。我只是一个人在想，想来想去，我决定还是去找老吴商量。因为他是爱梅英的，而且，也是她比较注意的一个人。

老吴见我仓皇的神色，他很感觉意外。我便把梅英的情形，急急忙忙地告诉了他。他也很为她着急。他忙问我：

“到底怎么办呢？”

“还有什么办法？三十六计，走为上计。”

我老实回答他。

“她有这样决心吗？”

老吴好奇地问我。

“我想她会有的。不过这里有一个先决问题。她是一个年轻女孩子，她是还没有完全跳出陷井的一只小羊，这样困难的事情，她一个人如何能做呢？我想她一定须要很好的帮手，她须要人生这条长途的一个同伴。你以为如何呢？”

老吴半天才问道：

“她也这样想吗？”

“我相信她也这样想。这回她坚决地不肯回去，说不定她心里已经有了准备了。”

“准备什么。你以为……”

“准备找爱人呀。也许她已找到候补的了。”

老吴一声不响，半天才红涨着脸：

“老王你别开顽笑！你真以为她对于我……”

“这自然是你也心里明白。不过你不要学书呆子。恋爱，这是感情上的问题，不必死板板照什么公式去做。现在绝好的机会摆在你面前了，看你愿意不愿意抓住这个难遇的机会。”

“我有什么不愿意？我是爱她的！只要她肯！随便什么天涯地角，我都可以跟她去。”

老吴最后决心了。他说话素来负责。他既然这样坚决，我的心便放了一大半。

“好。那边我有办法……淑贞和她很要好的。”

满肚皮的高兴，我跑回家来，淑贞却板起面孔，我心里觉得好笑，我便说：

“不要熬煎了。赵小姐的事已经有办法了。”

“我知道你只操心你的赵小姐的事！”

说着。头偏过去，她差不多要哭出来了。

“贞贞！好孩子！你怎么故意和我反对？谁只操心赵小姐？难道你不关心她吗？你们不是好朋友吗？你简直变成小娃娃了。话也不听完，就闹起来了。”

我于是扳过她的面孔，在她那可爱的小嘴唇上，轻轻接了一个吻。口中却觉得带了一个咸味：原来她不声不响地淌下眼泪了。

“好孩子，你别哭！你一哭，我的话就讲不出来了。”

我想，索性开门见山，说破一切还好些。我猛然吊转话头：

“贞贞，老吴对于赵小姐真热心呀，他自告奋勇，愿意救他。”

果真法子灵验，淑贞在睁大着眼睛，等着听下文。我于是把我找老吴会面的经过一五一十地告诉了她。她才表示安心。我就托她和梅英仔细商量。

结果是非常圆满的。

梅英对于老吴也不能说全无好感。当然淑贞在里面也很有功劳。就是我，为她这样尽力，也总对得起她。不过以后没有机会讲话，她到底什么意思，我始终是不明白。

在梅英母亲的默许之下，他们两个悄然离开西安了。

当我起身的前几天，老吴来信说，他们在北平实行同居，梅英对他很好的。

我来上海以后，我还没有接过他们的信。不过，前两三天，桂英有信来，曾提到她姐姐，说她现在很幸福哩。

一九三二，九，九。

图书在版编目（CIP）数据

打火机 / 郑伯奇著. — 北京：中国国际广播出版社，2013.1
（良友文学丛书）
ISBN 978-7-5078-3548-9

Ⅰ. ①打…　Ⅱ. ①郑…　Ⅲ. ①短篇小说－小说集－中国－当代　Ⅳ. ①I247.7

中国版本图书馆CIP数据核字（2012）第265648号

打 火 机

著　　者	郑伯奇
责任编辑	张娟平
版式设计	国广设计室
责任校对	徐秀英
出版发行	中国国际广播出版社（83139469　83139489[传真]）
社　　址	北京复兴门外大街2号（国家广电总局内） 邮编：100866
网　　址	www.chirp.com.cn
经　　销	新华书店
印　　刷	环球印刷（北京）有限公司
开　　本	620×920　1/16
字　　数	95千字
印　　张	12
版　　次	2013年1月　北京第一版
印　　次	2013年1月　第一次印刷
书　　号	ISBN 978-7-5078-3548-9/I·401
定　　价	38.50元

CRI 中国国际广播出版社　欢迎关注本社新浪官方微博　官方网站 www.chirp.cn

人文阅读与收藏·良友文学丛书

(1)	鲁　迅　编译	竖　琴
(2)	何家槐　著	暧　昧
(3)	巴　金　著	雨
(4)	鲁　迅　编译	一天的工作
(5)	张天翼　著	一　年
(6)	篷　子　著	剪影集
(7)	丁　玲　著	母　亲
(8)	老　舍　著	离　婚
(9)	施蛰存　著	善女人行品
(10)	沈从文　著	记丁玲
	沈从文　著	记丁玲续集
(11)	老　舍　著	赶　集
(12)	陈　铨　著	革命的前一幕
(13)	张天翼　著	移　行
(14)	郑振铎　著	欧行日记
(15)	靳　以　著	虫　蚀
(16)	茅　盾　著	话匣子
(17)	巴　金　著	电
(18)	侍　桁　著	参差集
(19)	丰子恺　著	车箱社会
(20)	凌叔华　著	小哥儿俩
(21)	沈起予　著	残　碑
(22)	巴　金　著	雾
(23)	周作人　著	苦竹杂记　（暂缺）